큰글
한국문학선집

황석우 시선집
자연송

목 차

學校 가고 오는 길

學校가고오는길녁
숩풀저편언덕우에
한쌍, 두쌍새로나흔
키작으만귀이여운
코스모-스심어잇소

숩풀저편언덕우에
한쌍, 두쌍粉紅꼿핀
내손아래누이갓치
귀이여운 々 々 々 々
코스모-스심어잇소

나는 學校갈길마다
그곳에서손내밀어

가지댕겨握手하고
人事하오숏모-닝
코스모-스아이러부유

쏘나는學校罷해
집에돌아올새에도
그곳들너帽子벗고
人事하오 숏쌔이
코스모-스아이러부유

내 날게 맨들어 주오

놉흔山의

쌜간丹楓닙싸서

어머니의그

고흔살적밋갓치

내날게맨들어주오

내가펄々날게되면

억개에망텍이걸고

날마다々々々

벌해(蟲)의捕手님

제비의모리ㅅ군되여

들노

山으로

자미잇게々々々々

돌아단니갯소

동요

반듸ㅅ불

반듸ㅅ불은잘도날너단닌다
반듸ㅅ불은약흔한울에서
반작々々
燈불을켯다썻다
풀밧우로
시내ㅅ가로
나뭇가지사희로
밤에타는才操부리는飛行機갓치
잘도々々날너다닌다
아々반듸ㅅ불의날개우에ㄴ
어대서오신누가탓소
어대서오신누가탓소

봄이 오면

봄이오면

봄이오면

옴마(母)의

젓꼿지도꼿이되여

그꼿폭이속에

나비와갓치

나를안고

陽地바른

들과

언덕우의

꼿퓐풀나무겻헤가서

내모양꼿에안는나비에게比겨봅시다

가을날의 코스모—스

가을날의

쓸가운데의

뭇곶나무사희에

强한姿勢로허리길게쌔여

凛々히 嚴肅히섯는

코스모–스는

프른머리훗트러느리고웃득히섯는

默念에잠긴感激놉흔哲人과도革命家와도갓다

가을바람과 나뭇가지들

가을날에

숲속에서

요란히흔들니는

나무가지들은

抑揚美妙한

熱辯을吐하는

가을바람의長廣舌에

닙사구와닙사구를合掌하여

拍手하여喝采하는듯

쏘어느매듸에는

怒하여허리와얼골도리켜

No.No를불으지저대는듯하다

가을바람과의 니야기

가을바람과

풀과

나무들의

낫이오나

밤이오나

멧날이고

멧달을두고

서로맛나면맛나는대로

속삭여도々々々々속삭임이싀처지지안는그니야기는

多情한夫婦의썰어지기어려워하는모든니불속니야기

갓흠니다

가을바람과 풀과 나무

가을바람이한울에서

휘ㅅ파람불고싸우에내려오면

풀과나무들은깁흔밤중이라도

잠쌔여소리치고

그에게응석부리고달녀들어

그의키—스를밧으며 그의抱擁을밧고

그에게마음다한모든熱情을밧침니다

가을의 囁語

가을이오매

山과들에는

풀닙은풀닙씨리 이구석 저구석

나무닙은나무닙씨리 이구석 저구석

얼골빗쏠그락 노르락

몸짓 고개짓 慌慌하게

밤과 낫을새여

무엇인지 싯그러운소리로

헤를구을녀 쑥은대인다

蕭々! 솨ㄹ~.

가을 自然의 舞蹈

가을날에는大自然의舞蹈會가열닌다

시내와江과바다에는물이춤추고

山에서는나무가춤추고

들에서는풀들이춤춤니다

그러나그들은가을바람과맛쳐안는雙舞를춤니다

가을바람은곳自然界의아릿다운勞働者 – 물과, 풀과나
무들과

시냇가의 舞臺, 江우의舞臺,

들과山숩속의舞臺에서

그들의봄, 여름동안의勞働의勝利를祝賀하는춤추러온
젊은

童貞男이람니다 그몸에는靑丹楓의舞衣를입엇담니다

가지와 닙파리들

싸우에서나(生)는

풀과

나무들은언제보던지

그가지는

싸와멀니썰어저바린

한울을다시한번안어보려고하는듯히팔처럼펴고잇고

그닙파리는

한울이주는生命의糧食을

쏘는한울이주는무슨반가운消息의글발을

感激히밧으려는듯히손바닥처럼벌기고잇다

感官，感情，理智

사람의感官은한거미줄

그줄에걸니는벌해는　味　色　臭　音響

感情은곳그줄을巡邏하는武裝한거미

理智는그들을다스리는怜悧한酋長

感神病의 하나

사람은

사랑의熱病을알을쌔

神이란혯ㅅ것을보고중얼대인다

사랑은곳사람의

感神病의하나

쏘그愛人同志는헛것들씨인 巫黨

江물 우의 微風

江물우에

제비와갓치

깃슷치며

날너도는밤의微風은

자는물결의입술에

입마추는것갓고

쏘는자는고기의

이불속作難을엿보는것도갓고

쏘달잇슬쌔엔

그물속에잠긴

달그림자셍이를쉰해내렴갓치보힌다

江과 바다 우의 달

江우나
바다우에빗친달은
물속에서노─ㄴ닐느는
볼기흠어러지게發育된裸體의處女갓흠니다

거림의 世界

한울우에는구름의거림!

싸우에는물거림, 풀거림, 나무거림

宇宙는거림의한큰展覽會

그出品者는太陽과흙!

사람들은그의鑑賞家, 批評家!

겨울

겨울은 地球의 嚴한아버지!

겨울은 地球를 쌀거벗겨 空中에세워놋코

그세철동안의모든作亂의그릇됨을 쑤지저號令하며

찬바람의홋차리와몽둥이로휘둘겨새 린다

겨울바람의 猛虎

北極한울의깁흔구름가운데사는

'겨울바람'의 猛虎는

永住의 鬚髥읈샛치고

입으로 흰무덕눈을쏨어날니며

닷는地球를 물어샘킬듯히

그地球를 물어샘킬듯히

밤낫업시무서운소리로으르렁대인다

隔離者

土足의跡일다, 참혹한蹂躙이다.
空에, 綠油色의닷거다든 觀照의空에
묵어운 예일의안, 裸足으로흙々우는者야,
쏘몸부림하엿구나, 饐息나는魔粉.
黃玉의壁, 어대를쏠코 드러왓나,
아니다, 아니다, 네眼闥을보라,
그곳에 나를부르던 쓰거운손자욱이잇다,
너야, 寶座에突立한너야,
너는굿은意志에 隔離된癲癎者다,
네맘은 솟나무밋흘숨어흐르는 燐黃水다.
아々네맘에 네흐름에 살벗는者는

헌데장이, 不具者, 落伍의무리—,
아니다, 아니다, 네眼闥을 보라,
그곳에 나를부르던 쓰거운손자욱이잇다.

苦泣

赤十字旗의뒤번치는瑪瑙바닥의거리,
窓際를지내는朦朧한'날'은
내맘에 찬鼻笑를 쏨어션지고간다,
아々 하늘가득히날녀오는진흙덩이여,
아々 怪異한함정에써러진내맘아,
운다, 운다毒蛇의舌,
十一月의칼날갓흔새파란혀에
威脅된맘 驟雨갓치운다.
아々 深灰色의안개, 墜道의밋
슬픈軋音으로가는젹은幻影아.

工場의 아츰

工場의 아츰汽笛은

戰陣의 長喇叭가치분다.

天地는 緊張해진다──구름도 바람도

한울우에는 紅顔의巨人 太陽이 나섯고

싸우에는 집々에서

일터로나가는 젊은勞人들이

作業服으로 가든이武裝하고

動員! 動員! 거리로 달녀나간다.

西方에서 마치소리 함머-소리

機械움직이는 소리 쏘는사람들의 외치는소리 自動
車, 電車, 馬車의 박휘ㅅ소리 덜々々 들々々 地上의
한날의壯嚴한 勞働行進曲은 이러케 始作되여간다.

이모든소리는 커다런 鋼鐵器樂의 管絃樂－綜合樂
이다.

이 管絃樂이 울니는 가운데서 富와 文化의 聖스러운 勇敢한.

空中의 不良輩

호젓한밤한울우에
不良輩갓흔선모슴의구름썽이가
군데々々物形거림자의陣을치고
길가는弱한달을붓잡어굿찬케시달닌다
東쪽한울의잦停車場에서
달과太陽은交叉함니다
달은水國의설음을실고가고
太陽은陸地의歡喜를실코옴니다

空中의 運轉手님

太陽은運轉手님!

太陽은地球의自動車우에

億兆生物의家族을태우고

놉흔空中에배걸치고업대여

地球의기—ㄴ핸돌을잡고

아ㅅ츰에는朝鮮으로달녀오고

저녁에는西半球의아메리카로달녀감니다.

光線의 부ㅅ채

太陽은아ㅅ츰마다와서
넓은光線의부ㅅ채(扇)로써
萬象의눈우로부터잠을날녀쫏음니다
殺食풀폭이에안즌참새쎄를휘몰아쫏듯히

구름 속에서 나오는 달

구름속에서

얼골쏙바저해슥해서나오는달은

한울의길가에기둘너건일느고잇는뉘의게맛나

구름쏙각을屛風으로하여

祕密한일 – 接吻, 抱擁等을許諾하고

열적은얼골노四方을힐긋거리며하둥지둥선쌩히해나
오는것갓다

丘上의 淚

눈물일다, 눈물일다,
믓今 나는 어느언덕우의
이름도업는 한 무덤속을바라다보면서
하욤업는눈물을흘리고잇다, 눈물일다, 눈물일다.

아아 實은 그곳에는나의 乳飲兒(젓먹이)와가튼
可憐한 젊은過去가
恨스럽은 쓴 蒼白의얼굴로
臨終의째의 그참아볼수업던모습대로,
그대로, 저녁비의부슬부슬오는한울을쳐다보고
가루누어잇다,
나는지금그것을바라다보면서 盛大히울고잇다
눈물일다, 눈물일다,
이곳에무틴것이 自己의過去냐고생각하면, 나는

다못울지안코는잇슬수업다,

　아니, 나의지금의마음(氣持)이마치이런것을바라보고
잇슴과가튼　애처럽고슬픈그것일다,

　나는지금확실히

　밝는새벽의태양을기둘르면서　그런언덕우에서

　울고잇다

　눈물일다,　눈물일다,

　바라보면바라볼스록눈물, 하욤업는눈물이흘러온다.

귀여운 달밤

느진가을의

깁흔밤의

냇가에서

내소매를 붓잡고

수ㅅ밧으로가시래우

山으로가시래우

그것 저것다실흐면

배를타고

限업시

싯업시

地球의물을돌고돌아

銀河의江우로가시려우하고

쎄처도

아모리쎄처도

구지々々 잡어쓸고
내소매를 놋치안는者는이밤의
내사랑 귀여운달빗이로구나

귀ㅅ두람이 우는 소리

(不幸한詩人徐賢景同志에게)

귓두람이우는소리는
가을에게입힐
옷다듬는소리,

귀ㅅ두람이우는소리는
가을의魂에게들닐집짓는
돌쪼(礎)으는소리.

그 別吟

입은萬物의生命의맛을먹는殘惡한도야지
코는空氣의기름을먹는배큰병어리매암이
눈은별, 달, 太陽의光線의色을먹는적은火食鳥
귀는소리의물결을먹는주둥이입운미역이

그네들의 祕密을 누가 임닛가

七月七日七夕날에
牽牛星과織女星이
놉흔한울우에서
밤이슥드록단둘이맛나는그祕密을누가암닛가!
아々그祕密을누가임닛가 情든男女와갓치
또는어느나라의密使와갓치사람避해
머—ㄹ고놉흔한울우에서한해에쏙々한번식맛나는
그네들의祕密을누가임닛가!

그대들 革命家!

그대들革命歌의意志는蒼天과갓고

그대들革命歌의魂은그尊貴함이沙漠에피는샤보덴의
꼿과갓고

그대들革命歌의情熱은太陽우의푸로미넨스와갓고

그대들革命歌의피는地心을쒸여휘도는熔岩液과갓고

그대들革命歌의주먹은저타오르는太陽덩이와갓고

쏘그대들革命歌의憤怒하는感情은霹靂과갓고原子彈
의爆發과갓고

그대들革命歌의氣像은놉흔山봉오리우에주저안즌猛
虎와갓고獅子와갓다

近詠數曲

山은自然의懸板(棚)!
海洋은自然의산冷藏庫!
들은自然의菜麻田

自然一題

海洋은宇宙의족으만우물!
江과내는그에의긴-홈(筧)!
시내는그에의물걸르는터!
그시내에물길어붓는것은놉흔太陽의드레박!
그太陽의드레박을시중하는者는바람!
구름은한울의가마가운대씰이는그저貯水덩어리!

宇宙의 一面

宇宙는보기실흔不具者!
두눈中의하나는쌀간눈! 하나는쏘얀눈!
그우에쏘쌀간눈은크고, 쏘얀눈은작다
쌀간눈은太陽! 쏘얀눈은달!

금잔花

자지빗바탕에
노란주둥이의
옷닙옴으라진
금잔花는
나무들의
아릿다운풀옷香氣를부어마시는그고흔盞이람니다

棄兒

(十二月의 詩)

어머님, 당신의 未兒 – 아버니의遺腹 – 나임니다,
나는赤嬰(적영)임니다, 眞裸身임니다,
엇재, 엇재나를 단한아를,
墓場에, 이 氷砂에, 내바럿슴니가.

쏘, 무섭게, 크게입버리고옴니다,
나의눈의우, 압
무싀무싀한, 紫齶 獸性,
蒼白으로번썩이는上齒, 낫에닷는찬혀.

이샹하다, 아 – 털긥흔口腔,
검은唾液 – 呼吸의媒,
橫呑일다, 아 – 黑色으로할터물든나여.
弱한魂에, 滲入하는魔藥의響이여.

口腔에또口腔, 缺牙의가온,
아 - 裸身의 압흔振蕩이여,
한가온대, 한가온대에써러지며, 날녀 말(捲)니면셔,
어머님, 全智의어머님, 당신의未兒 - 哀닯은나임니다

꽃　香氣

꽃은그마음을태워서香氣를씀긴담니다
꽃은꽃나비들을思慕하는
쌀간사랑의불꽃우에그마음을태워香氣를씀긴담니다

숏겻의 合奏樂

바위그늘밋헤서
아릿다운숏들이나를불은다
그눈초리와
입가에 五彩의아즈렁이를일우는
우슴을쏠(膨)니고
그니마우로쌤뒤로
고사리갓흔적은
'馨氣의손바닥'살々히내저면서
상양하게々々々々나를불은다
큰나비 작은나비모다날너오너라
바위그늘밋헤서
아릿다운숏들이나를불은다
마음을썰어잡어내리는
귀여운우슴과
'馨氣의손짓'으로

상양하게ゝゝゝゝ나를불은다

어이저꼿들의것을가지안코그대로백일것인가

큰나비, 작은나비모다날너오너라.

우리들은저아릿다운꼿들의우슴에안키고

馨氣에안켜

그꼿솔의盞에부어주는

花蜜을마음것켜(呷)고

醉해ゝゝ醉해서흐느러거리고

제비를불너다간法衣입은모습으로

싸른입으로꼿의사랑의偉大함을말케하며

쇠소리불너다간淸雅한목청으로

꼿의사랑의比喩를노래케하며

사람흉내잘내는잣내비를불너다간북(皷)치게하고

啄木鳥불너다간사─ㄴ나무의木鐸치게하고

푸른버─ㄹ 쌀간버─ㄹ불너다간입소라(素螺)불게하고

삿치 깜악이불너다간 曲目節次외이게하고
숫쏑암쏑불너다간놉흔소리로長短징々멕이게하고
番外로는논계(蟹) 山계불너다간祝賀씨름식히고
풀들은얏흔곳에안치고
나무들은그대로세워두고
기럭이와鶴두름이는놉흔공중에
우리들의큰나비작은나비는얏흔공중에
희게 누르게 큰한울우를덥허
쎄々로난호여이곳에서도너울々々
저곳에서도너울々々춤추어돌며
地球우의
날느는者 닷는者기는者
풀도 나무도한테어울녀全自然合奏樂으로써
쏫의사랑－그마음 그魂을讚美하자
쏫은거룩하다 쏫은微々한植物의가지우에서픠우나

그는一切를사랑하고　또는一切에게사랑함을밧는다

꼿은사랑의恩人　그는大自然의愛人이다

오々! 나비, 제비, 쇠소리, 잣나비 啄木鳥 푸른버ー
ㄹ, 쌜간벌

山참새 돌참새 수ㅅ쌩암쌩 논계, 山계, 기럭이, 鶴
두룸이들아

太陽의光明이훗허저쩌지기前에

바위밋의꼿겻헤모혀

둥당동당, 셰셰, 쌔쌔菅絃樂잡혀

노래하며　춤추고

사랑의恩人大自然의愛人꼿의偉大한사랑을　얼사　조
ㅅ타讚美하자.

숫들의 눈물

香油가튼
파란이슬은
숫들의
고흔눈에서 써러진 눈물.

香油가튼
파란이슬은
하눌 노피잇서
짱우에 내려오지안는
야속한 별들에게
싹사랑 하소연하는
숫들의
그고흔 눈에서 써러진 눈물!

꼿들의 치마

太陽의마음은

藍, 靑, 錄, 黃, 橙, 赤의 일곱가지빗으로짜(織)어잇다

싸우의꼿들은빗에다

그치마를곱게물들여입는담니다

쏫만은 타지 말어라

한울도고
山고타고
사람도타업서진다하드래도
싸우의쏫만은타지말어라
쏫은"宇宙의魂"이싸우에서피여보히는것이란다

숫의 마음을 볼 수 업는 나

숫의모양저럿케고읍사오나
그마음도쏘한그지업시고으오리라
그러나내눈은그마음을보지못하는病身이오라
내코숫에서리여오는香氣를
그손길이안인가하여손내밀어
쥐여볼듯히이리저리휘더듬어본다

꾯의 마음의 모든 것

꾯의그고흔마음의갈피속을누가헷처봐ㅅ스랴

꾯의그고흔마음의흘너가는곳을누가알냐

아아꾯의그가슴가운데멧친

쌜간사랑의응어리를누가드려다봐ㅅ스랴

아아누가그것을만저봐ㅅ스랴

나비밧겐 나비밧겐

숨의 병아리

밤은
生物의품에
잠의알을품겨
숨의병아리를까서
새벽오기를기둘너
그치籠속에질며저가지고쌩 선히해감니다

나무軍과 적은 잔나비

절둑바리의적은잔나비가

무슨지적을햇는지,

무슨지적을햇는지,

술감탁이의나무軍의게마저죽어

모래江의우, 프른재빗의펜키발는

鐵橋의아래, 地球의섯과섯에쇠흰

칙줄에, 苦笑의얼골노매달녀잇다.

(主幹의 여러 번 催促을 밧엇스나 이만한 것 쓰는데
그대지 거드럼을 쌘 것은 一言으로 謝함니다)

나무들의 성화

꼿닙픠여뒤집혀진

칸나꼿송이는

리봉타레느러진

맵시엡븐

處女의머릿뒤갓다고

그겻헤섯는나무들은제각금춤흘녀가며

그머리트러올녀玉簪花송이를가로꼿어주지못해성

화々々람니다

나무와 풀의 生理解

나무와풀들은
머리를쌍속으로박고
그가랑이를한울노向하여벌니고잇다
솟은곳그들의말하기어려운어느祕密한곳
花蜜은그들의아릿다운月經液이란다

나비 사랑하는 어느 솟

　　나비의 비행가 飛行家님! 하얀푸로펠너, 노란푸로펠너곱게옴으리고空中으로 붓허내려오십시요
　　나비님! 나는당신을사랑하는可憐한女子
　　당신과나는상양한東風의紹介로서
　　닙(葉)뒤에고개숨겨붓그러운쌀간눈으로
　　몰내당신의얼골을暫間쳐다보고는
　　첫사랑이싹돗치여숩풀가운데서여러번의즐겁운密會를거듭하고
　　지금에는자나깨나당신생각쑌 아ㅅ츰으로붓허저녁싸지
　　臙脂씩고 紛발너당신쌔문에고흔化粧하느라고몸을졸아맘님니다
　　오늘도나는食前쏙댁이붓허어린香氣를
　　松林밧갓싸지내보여밧두덕으로맵시잇게날너오시는

당신의모습을살피게하엿음니다
　　나비의飛行家님! 하얀푸로펠너
　　노란푸로펠너곱게옴으려고空中으로붓허내려오십시요
　　오늘도어느새나다름업시당신의품에으스러지게안키여
　　東風의보드라운絹紗치마싸락을머리로붓허들쓰고
　　당신의카이서-ㄹ鬚髥의도득한맑은입술에
　　쓰거운 ~ 키스를드리리다
　　그리하여아는듯모르는듯사랑의씨를밧어
　　한달두달석달지낸뒤에긴가지우에서
　　쏭그란파란머리　붉은머리　노란머리잿기여
　　구름거러가는淸朗한한울을바라보고　배안우슴짓는
　　귀엽고귀여운애기갓은一家의主婦가되여보렴니다

나비가 날너 쮜여 들어갓소

봉오리쑤쯤열닌
노란칸나쏫속으로
하얀나비가엉큼하게
날너쮜여들어갓소

하얀나비가아모도업는
處女혼자잇는집갓흔
노란칸나쏫속으로엉큼하게
날너쮜여들어갓소

나비와 버-ㄹ들의 하는 일

아ㅅ츰이나 낫이나

저녁째나쉬일새업시

례을짓고쎼를지어

언덕을넘고

개울을건너

이공중, 저공중으로춤추며

노래하며 平和롭게

날너가고, 날너오는

나비와버-ㄹ들의무리는

山과들의

풀가지와나무가지우에핀

아릿다운쏙폭이속에淨히고히는

단花蜜의샘물을마시며

쏘는그물을길(汲)너단니는것이람니다

나비의 詩

불의나라에

先鋒서々오는

한마리의아릿다운

노란甲冑옷입은

나비가空中을닷는

족으만騎十와갓치

微風의어린駱駝에채ㅅ쭉질하며

고개로붓허

냇가로붓허

들노 숩풀노向하여

나울々々달녀오는

그모습을보이는이곳저곳의꼿들은

마치마을둔덕우에낫하난

머-ㄴ戰場으로붓허도라오는

내男便모습을發見한젊은안해들과도갓치

풀사희로발도듬질하여

목길게내밀고

옷깃곳치며

가슴두군거려가며

몸소아흔들며바라보고잇다

나와 안어 맛으십시오

나와안어맛으십시오 봄을어린풀싹들을
봄은大地의싯으로
생글々々우수며걸어옵니다
그치마속에선 봄의마음이라는
싯듯한軟한바람이色々으로
뭉게々々김저나오고
그의흘니는고은우슴방울은
쌍속으로비ㅅ방울갓치숨여들어
족으만풀삭들의볼기를써밧처올님니다
겨울의찬바람소래가무서워
쌍속모래등뒤에숨어옹그리고눈말동々々
코싯에두주먹대고비々며보들々々써는
숨소리도내지못하는胎ㅅ속의어린애기갓흔
족으만풀싹들의귀여운々々々손목을잡어쓰러냄니다
나와안어맛으십시오 봄을어린풀싹들을

나의 情熱

나의只今의情熱은붉은불이않이다

나의只今의情熱은 아릿다운꽃이않이다

나의只今의情熱은노래무르녹은새가않이다

나의只今의情熱은山頂의湖水와같은프른물이다

나의只今의情熱은넓은바다와같은프른물이다

그바닥은白沙場이다

그물은 가을바람氣같아서○하고 ○○快하다

한울빛色의 고요한 情熱!

나의魂은 그속에뛰여드러 구술을줍는다

나의魂은 天女와같이 老道士와같이그속에 그모래우
에뛰여내려

샛별같이빛나는노란구술을줍는다

나의 호흡과 말!

나는 산, 들, 바다와함께, 대지와함께 호흡한다

나는 별의 무리, 해와 달과함께, 창공과함께 호흡한다

나는 우주와 함께 호흡한다

나는 우주의 대기속에서 조그만 개미들과 풀싹들과도 함께 호흡한다

나는 사나운 사자, 호랑이들과도 함께 코를 마조대고 호흡한다

나는 그들과 우주의 달큼한 대기를 씹어나눈다

나는 그들과 함께, 우주의 허파의 신축(伸縮)과함께 호흡한다

나의 생명의피, 나의마음, 나의지혜, 나의혼은 우주의 모체(母體)에서 받은것이다

나는 우주의 마음과함께 웃으며 운다

우주는 나의 살의 신경이 통하는 전신상(全身像)이다

나는 또한 우주와 함께 말한다

나의 말, 나의 노래는 우주의 몸속에서 나오는 소리의 멜로디이다

그러나 나의 말은 우주의 소리를 전하는 가장 오음(誤音) 많은 졸변(拙辯)이다

낙엽

나무 ~의
가지의 품안을
永遠히써난
落葉은
뭇칠곳업는
내버린어린애의
액삭한屍體와가티
거리바닥과
넓은들판우에
이리 저리날니여굴는다.
아아 그입술에는
이슬의 甘酒마시고
얼골곱운 새들과
쌤빗 파래지도록 힘짓치게
입마추던 자욱이玲瓏하다.

날러단이는 족으만 美少年

봄바람은
곳들과
어린입파리들의
쓰겁게사모하는
太陽나라의美少年
그는가나리아의눈동자가티귀여운
날러다니는족으만美少年 –

내 마음

큰, 처음世界의黃昏,

자기琉璃의밋, 숨은韻律을발버가는

내마음의軟흔거름거리여,

아々 가슴에웃득흔峯形의悲哀는

비리게, 煙氣나넘치고,

葉蓑를메힌裸體의마음은내마음은

太陽의入口갓흔

壯嚴에, 향긔러운眞醇에썰어든다,

아々 저썸은돌집웅의녯집으로

씩려내쏫긴샹냥흔내마음은

지금, 永遠의풀밧엣족흐려안젓다.

아々, 아々 내마음은

愛의곱은燈에빗치일씨마다

野獸의쓰거운목에接吻흐고

푸로렌쓰의稀徵혼祭鐘을들으면서
넥쏘스의 '틔-라츔'을춤춘다.

내가 미운 것

담밋헤어느고흔쏫한송이를심엇드니
누가악착하게그목을잘너가바렷소
아아그를쉴새업시차저오는
봄바람이그것을보면얼마나설게痛哭하겟소

내 동무 太陽아

　언제든지새벽문을벅차열고무엇을쫏는듯히번개갓치
내닷는氣運찬太陽아
　　아々　暗黑을一拳에처부시려는巨彈갓치닷는太陽아
　　네손내밀어라　쒸여올나握手하고
　　宇宙가흔들녀쪽애지도록　太陽萬歲
　　人間萬歲, 太陽人間萬々歲놉히 ～ 불으자　그리하여
내生命이너와갓치빗날수잇다면
　　나는네의싀ㅅ썰것케타는逆旋風의불가운데라도벌거
벗고들어가타서라도바리겟다
　　오々내동무太陽아.

네 구녁

사람의코속에는
진수렁의폴숩이잇다
그밋헤는물고기의亡命해숨움이잇나?

사람의귀속에는
노란가루쏭달닌말른다북풀이잇다
그안에는들새의나그네잠잠이잇나?

사람의눈가에는
쏐족한 鎗劍을둘너쇠진萬里長城의城郭이잇다
그안에는權勢놉흔帝王의宮闕이잇나?

사람의입속에는
食道라는무서운숨소리들니는컴ㅅ한긴窟이잇다
그안에는萬物을잡어먹는큰猛獸가잇나?

녯 鍾소리

一

東方神國　　朝鮮의都邑
일홈좇아　　漢陽城長安
하나님은　　그都邑직혀
하루세번　　自由鍾첫네

二

데엥데엥　　울녀퍼지는
그鍾소리　　씩々했었다
그鍾소리　　끈키고말자
우리나라　　숨이멈첬다

三

이제다시　　그녯鍾소리

듯게되니   눈물이난다
곱고맑다   그넷鍾소리
分明할세   自由鍾소리

四

반가웁다   눈물이난다
데엥데엥   그넷鍾소리
우리나라   목숨피여나
億千萬年   기리살지라

눈

흰눈은

한울로부터

날녀내려와

山과들노가서는

露營하는

傷兵의무리갓튼

깁픈苦痛의汗熱에잠긴

얼골씻기고

팔잘니우고

손몽고라진

엽인나무와

써는풀우에

醫療를베푸는듯이

멧칠걸넘밧구는

軟한솜繃帶를감고

쏘江과

내물노가서는

生命산양하는

猛獸의쎄갓흔

무서운바람이쒸여들기쉬운

鯉魚웃고

밋구리춤추고

선돌램이맴도는

고히는물

흐르는물우에

窓문을막듯이

속좃차엿보이지안는

둡거운琉璃쑥겅을덥는다

눈동자, 우슴!

눈동자는사랑의第一線의外交官!
우슴(微笑)은그密約의調印!

눈으로 愛人아 오너라

지금愛人이빨간메꼿갓치입버렷다,
江우를 술醉한氣味로지내는바람아,
愛人의그입으로 한아, 둘 굴너나오는
반듸불(螢火)갓은眞珠形의 '말'을
곱게, 곱게휩싸오너라.

아ㅅ愛人아, 너와나의사희에는
懷疑에퍼진큰들이隔해잇다,
그곳에는鉛色의눈이싸히고, 싸혀온다,
아ㅅ愛人아지금이야말노네가올때다.

갈대꼿(萩花)의물근거림자에부닷처도
傷하고, 울기쉬운내맘은
지금울고, 아ㅅ胸骨이불어오르도록 또 울어,

蠟燭夜갓흔뜨거운눈물노
너도올수업고, 나도갈수업는눈속에
적고, 적은질음길(徑路)을만드럿다,
눈안으로, 눈안으로愛人아오너라.

아々 봄저녁의나뷔]갓치
네愛의단花瓣에
집개로잡아틋어도떠러지々안을만콤
즐겁게, 부々리박엇던내마음은

이럿케 크고, 벅찬눈에덥히여
운다, 운다愛人아, 나의全存在를맛흔愛人아.
내마음이추위도, 더위도모르던
네華麗한꼿밧갓흔그품으로

생화를내여, 내풀노떠러진지가
날자로말하면 九百九十五日,
아々 내눈물이嵐풍에쓸(退朝)니기前,
눈안으로눈안으로愛人아오너라.
아々 이곳은내靈鬼의露宿場일다,
달은아무것도업는空虛한모래언덕우에苦笑하며,
魔國의저자의늑々한歡樂에中毒된
다만 울뿐의弱한病熱의마음은

어렴풋히눈떠, 曠野의넷꿈의터]로
눈물에가로말녀(逆捲)오는
愛人의뱃흔그괴로운'말'의觸合으로
'生의'異樣의 諧音을듯는다, 아々
눈안으로, 눈안으로愛人아오너라.

愛人아 너는내全生涯 한 '모델'일다,
同時에, 너는내生命에의한天才畵家일다,
나의書間의幻燈갓치몽然하고, 싸른
半獸, 半鬼의쪼각々々의過去는
그것이모주리 人間으로태여
네가슴안의玲瓏한壁에
훌늉한 '틀에씬肖像'이되여걸녀잇다.

아々 너는나의全存在의祕書官일다,
아々 너는나의全存在의發動機일다,
나의生涯는네의손에依하여記錄되며,
나의客車갓흔實在는
네의愛의火力에依하여닷는다.

愛人아, 네의눈은

나의生命의路程記이며,

愛人아, 네의입은

나의生命의오페라(歌劇)며,

愛人아, 네의언저던지싯뜻한손은

나의너의게밧드는頌歌, 愛의玉盤臺일다,

아 々눈만으로, 눈만으로愛人마모너라

뉘에게 싀집 보낼가

숏가운데의

키큰색씨

다리아와

해바라기는

뉘에게다싀집보낼고?

나무중에키큰

양버들나무에게나싀집보낼가?

山中의키다리전나무에게나싀집보낼가?

닙(葉) 우의 아ㅅ츰이슬

아ㅅ츰에오는

太陽을맛는

풀과

나무들의

닙우에서반작이는이슬은

感激을늣기는者의

눈瞳子에서리운쓰거운눈물방울갓흠니다

다리아와 해바라기

담밋헤
다리아와
해바라기는
서로키자랑하여
날노발도듬하여키느리더니
그들은싀집도가기前에
허리굽고 꼿시드럿소

短想曲

蟋蟀은가을의情緒의 산레코-트이다.

아니 蟋蟀은가을의情緒의그怜悧한아들이다.

아니아니 蟋蟀은가을의그적은精靈이다.

오오 귀여운蟋蟀이여! 나는그귀여운魂을내아해갓치 붓안고

그머리를쓰다듬고그볼기를煦々히두다리며오늘도쓰한

숨가운데大自然愛 흙의愛의페지를뒤집는다

斷想雜曲

其一
구름은한울의우슴
안개는싸의우슴
아즈렁이는들의우슴

其二
구름은지구의코ㅅ김입김,쌈김이올너간 것
비와눈은그들이出世하여
구실과곳이되여錦衣還鄉하는것이람니다

달겻에 안즌 별들

달겻에안즌

족으만별들은

새벽에오는愛人

太陽에게맛나려고

달의鏡臺밋에안저

쌤맵시 머리ㅅ맵시

압뒤맵시고히ㄣㄣ내고잇담니다

달겻의 별들

달겻헤안즌
족으만별들은
새벽에오는愛人
太陽의게맛나려고
달의鏡臺밋헤안저
머리丹粧얼골丹粧
압뒤맵시내고잇담니다

달과 太陽

밤에
구름속으로들어가는달은
그를崇拜하는處女들과
쏘는그의親한同窓의벗들의
니마쌈씩기렴갓치보이고

낫에
구름속으로들어가는太陽은
山골작이의맑은물가운데
가슴헷치고
목물하려쒸여듬과갓치보힌다.

달과 太陽의 交叉

東쪽한울의옷停車場에서
달과太陽은交叉함니다
달은水國으로설흠을실고가고
太陽은陸地로歡喜를실고옴니다

달과 太陽의 숨박국질

太陽은

달의싸님과

地球의令息의두男妹를다리고

한울우에서사는홀아비老人이시람니다

그런대太陽은將次어느곳으로무엇을하러가시렴인지

그두男妹를空中에내노아낫이나밤이나다름질工夫만

식히신담니다

달쑥겅

나는太平洋! 내우에쑥겅맨들어주오

한울우의달썰어내려나를덥는쑥겅맨들어주오

달은내가슴뎅이가썰어저나간것이요

달은쌀간情熱에타든지내가슴뎅이가썰어저나간것이요

別題 달밤의 구름

달지내는

한울길가에

듬성듬성벌켜슨

구름들은

먼나라싀집가는색씨求景하려고

마을築동밧게나섯는

싀골婦女들과도갓고

쏘洞里洞里에서마다餞送하는

富者有志마누라쎄와갓고

쏘는뉘의애싯는懇曲한傳信과

便紙심부럼나온婢僕들과도갓다.

달의 嘆息

'세상사람들이나를天上의絶世美人이라하여

詩人, 哲學者, 音樂家들가운데는

내얼골빗에흘니고흘녀情神異常히되여

瀑布나 江물이나바다ㅅ가운데몸던저自殺해바리는

사람이한

둘이안임니다

그러나나는이런일을當할째마다 등에서쌈이나드록

未安하고未安해서못견듸겟음니다

實狀을告白하오면한울우에

나갓치놀낼兇慘한薄色은업음니다

내얼골은石炭빗의억박곰보

얼골가운데는甚至於무슨山이니噴火口니

시내ㅅ골작이니라고일홈을붓치는

큰혹(贅)과구녕투성이오

게다가코도뭉겨지고

눈도업는자기가보기에도찬소름이씻처지는怪物

나는곳한울에屍體를쌜거벗겨내너(曝)른

별죽은骸骨뎅이임니다

내얼골에빗나는아릿다운光彩는

맛치여호가호랑이가죽을쓴것과갓치

太陽의光線싸락을얼골가리우는장옷으로쓴것임니다

아々이런나를보고美人이라고속는世上사람들이

얼마나가여운지몰으겟음니다'라고

달은空中에서혼자말노嘆息하고잇음니다

동무를 위하여 조롱 속에 드는 파랑새

조롱속에서파랑새울어대면

공중을날너가든다른파랑새는

그소리듯고날너내려

설게갓친내동무를救해내려는마음에

제몸도그조롱속에던저바림니다

두 盜賊

功名盜賊, 그는 男子!
사랑盜賊, 그는 女子!
그러나이는男女의共通職業

두 盲人

　사람의어머니되는地球는장님!

　사람도그어머니地球를닮어장님!

　그럼으로地球는달과太陽의길게느러진싹々이의義眼
을달고

　사람은그光線의알두텁운度眼鏡을쓴다

두 微風

밤의微風은
즘싱별들의
니야기뭉치라구요

낫의微風은
어린풀들의
우슴뭉치랍데다

두 配達夫

太陽은男便, 달은안해
둘은生離別의夫婦
그둘의生業은配達夫
太陽은'勇猛스러운精力'을配達하고
달은'平和로운잠'을配達한다.

들국화 한 가지

눈,
웃음 짓는
깨끗한 고운 모습이어!

들 국화의 魅力에
발길 돌리기 안타까워
덥벅 대들어
꽃한가지를 꺾었네.

美女를 사로잡듯이
그 꽃가지를
젊으나 젊은 벗에게 보냈다네.

그리고는
그 젊은 벗의 幸福을 빌었다네.

쓰는 해와 드는 해

새벽한울에서동터올으는太陽은情든색씨의집에서자다가어느겁나는사람에게쒸여들니여놉흔窓門밧그로逃亡해기어나옴갓고

쇠뉘주먹속에웅키여쥐인큰紅色金剛石뎅이가뭇사람에게그손아귀를쌕여쌧기여울녀감갓기도하다

그리고西天에내리는太陽은맛치목숨내버리고달녀드는大膽한淫奔한女子의두손아름속에목덜미싹지씨여그地下室의寢臺우로쓸녀들어감갓기도하고 或은힘센壯士의등우에얼골씨여업혀감갓기도하다

쏘그는점으로가는머ーㄴ들가운데외로히썰구워논어린것들을눈물겹게뒤돌아보며뒤돌아보면서고개뒤를씀벅어려내려가는것갓기도하며 或은그는夭折하는젊은英雄兒의臨終할즈음의그눈감기어려워하는恨깁흔沈痛한눈알맹이빗갓기도하다

마음의 惡役

그病菌은사람의눈속으로부터쒸여든다
그病의主되는病狀은"煩悶"

萬籟의 托魂所

자자! 자자!
우리들의魂을밤의손에멧기고자자!

밤은 慈悲한 保姆!
그의집은사랑의마을가운데잇다

자자 자자
우리들의魂을밤의손에맷기고자자

밤의집은우리들地上勞働者의즐겁운托魂所!
아니 밤의집은왼갓自然의托魂所이다

맑은 밤의 구름 속으로 들어가는 달

맑은밤의

구름속으로들어가는달은

그를崇拜하는少女와그親한同窓의벗들에게

그니마ㅅ쌈씩기우며쏘는그손에

아릿다운꼿다발을쥐여밧음갓치보힌다

亡母의 靈前에 밧드는 詩

당신은 싸우에 쟝님의彌勒을남겻서라,

나의肉體는悲哀의큰火山이러라,

아々나의悲哀는무덤구녕(墓穴)과도갓흔

엷은가지의(薄紫)한적은렌쓰를가젓여라.

나는그곳으로, 내마음에자욱난

당신의죽음에로寂寞한발자최와

당신의亂書한피의遺書와

당신의一生의貧苦, 慘憺한傳記를읽을때,

아々나는울어라, 나는밋친소갓치뛰며울어라.

蕪들

무(蕪)들은
맛치猛獸의아가리에주먹틀어박고
업듸여눈노리듯히
싸속에힘잇게
그쑤리를박고잇다

舞蹈

銀盤에고은대답밧은밤,
보드럽고, 쌀막한손으로
綠幄에, 봄은피아노타고
나는젊은未來의손목잡다.

내집에가쟝어진未來오(訪)다,
아 ─ 未來와나는舞蹈하다, 舞蹈하다.
蜜月의놉흔混沌에
붉게, 푸르게쌋는앗츰을노래(頌)하면서.

太陽은가슴에써오르고
永劫은微笑에턱고이다,
아 ─ 綠幄에봄의피아노音흐르고
즐거운밤, 未來와나는춤추다, 춤추다.

無題

별들은
한울우의典燈
그發電所는
宇宙의 心臟속

달은
한울우의街燈
그位置는
太陽城문밧의넓은마당

無題

밤한울가운데는
별들이
낙시배갓치반짝이는데
밤은호올노
싸우에어둠의금울을던저
萬뢰의魂을금울질함니다

물 속에 잠긴 달

물속에잠긴달은
고기의넉을실코
銀河로써(出帆)나가려는배가
浦口에다잇는것갓다
안니물속에잠긴달은
天上의별들노붓터
고기의넉들에게보내는
‘美感의五色甘露酒’를실코온배다

물의 處女

이슬은
한울에서밤을타서몰내내려오는
구름속에서사는물의處女
그는비의둘도업는귀여운누이동생이람니다

물 자어 올녀 가는 太陽

太陽이날마다

地球우의물을자(釣)어올녀가는것은

한울우의棉花밧에물을쑤려주기째문이람니다

구름은곳그棉花밧에서픠여올으는棉花송이와

또그솜을트러묵거바람의수레로이저리실녀보내는것
이며

눈은바람에게훌치여썰어지는그落花송이

진누째비는그물먹은솜송이람니다

微笑의 花輿

내靈을실어가는네微笑의꼿가마(花輿)야,
내靈은네微笑에휩쓸녀
愛의적은炬火를놋(放)을놋코
저물어가는太陽의힘업는빗(光)의우를
異相한잇기(苔)덥흰花岡石의언덕의우를
울어비는듯한어린牧草의우를
肺患者의喘息과갓흔훗훗한바람의우를
줄쓴어진鳶(凧)갓치
向方업시 빗틀거려가는도다.

그대여, 深更의고요한女修道院의
瓦斯燈의흐르는수풀빗(森色)의둥근움푹한
窓과갓흔네의그큰눈의서느를한그늘에는
聖者의처음巡禮의淨한숨에쌈흘니는
어느귀엽운사람이모로누어잇슬것일다,

(노래하면서, 노래하면서, 노래하면서)
나는한갓그이의게맛나려는남아지에
의지업는可憐한내靈은
路傍(길가)에싸러내버리는
한방울의葡萄液갓흔네微笑에醉해째저
이럿케向方업시휩쓸녀가는도

그대여, 네우물거리는石榴와갓흔그입에는
어느귀엽운사람의게맛흔'말'을
내마음의가러올(耕立)닌넓은빗고랑에
쑴어쑤려주렴이아니냐生覺한다,
나는한갓그것을빗으려는남아지에
流船과갓흔네微笑의우에쒸여올는것일다,
아아내靈을실어가는네微笑의꼿가마(花輿)야.

迷兒

三日一期되는 末日의宴,

가장슬픈'會議'의맛친 暗暮,

妖獸, 鬼哭의 찬그윽한砂漠이다,

古로－마敎神女스타일의 亂髮의女,

썸은서ㅅ녁, 썸은서ㅅ녁에,

아々, 아々라 歎息해온다

"어대로란 말가,

어대로란 말가,

아々, 길일흔赤兒 어대로란말가"

微風

나무는
微風을밧처안고
부라질해주고요

풀은
微風의손목을잡고
쓸어밀치는씨름하고요

물결은
微風의안진재조보려고
눈우슴의方席틉(編)니다.

微風과 앗츰 湖水

새벽녁에
微風이
湖水를차저오면
자든물결은
실눈써서처다보다가
맛츰내입벌녀웃고
맨가슴으로微風을안어내려
이리둥굴저리둥굴
네사랑내사랑불으는것갓다

바다ㅅ가의 해당화!

바다ㅅ가저기핀
고흔해당화은누가나 — 노신싸님인가요?
바다ㅅ가저기핀
고흔해당화들은 어느배에서
내리는누구를마지려고한봄동안을밤이나낫이나
바다ㅅ물만바라보고서잇슴닛가?

바람의 作亂

바람은宇宙의才操잇는作亂軍!

한울우에서물뎅이로구름을땐들어

그들을紙鳶갓치씌우고

쏘구름으로서한울우에水彩畵를거리는것도바람의作亂

쏘구름을(쏠剪)아서

눈과

진누깨 비를맨들어싸우에날녀훗허놋는것도바람의作亂

쏘물의구실타레를맨드는것도바람의作亂

쏘싸우에서물을굿치여

물水晶과그모든細工物을맨는것도바람의作亂

쏘물결을놀녀내며

쏘나무우로

사람의집추녀와집웅우로

구렁이쎄 갓흔불길을썰고다니는것도바람의作亂

발 傷한 巡禮의 소녀

―八月 十九日 黃昏 "汶山驛"을 지나다가―

少女여, 발傷한자축어려가는少女여

少女여, 夕陽은鐵屛과가튼葡萄덩굴과

檀香나무입의茂盛한놉흔고개를넘어

野死한사람의屍骸의우를헤매이는

주린솔개에게채드키

地名도모르는곳으로

뉘가슴엔지붓안키어가바럿다

아아　地上은초상집(喪家)가티얼차릴수업시써들석어
린다

아아少女여, 이런쌔너는어대로가느냐.

少女여, 발傷한자축어려가는少女여

너는인생의最高獨의불일다

아아너는天國의淨한거리, 城頭에비치는

聖者의눈동자빗가튼
魂, 愛, 힘의常夜燈일다.

少女여, 발傷한자축어려가는少女여
少女여, 惡魔의嫉妬깁흔으르렁거리는웃음가튼여름
의黃昏의싄싄한바람결에
銀쇠사실의指環에달린
處女의곱은가슴의열쇠라고도할만한
적은十字架를
자랑하드키 巡禮者의방울(鈴)가티
凄凉하게 흔드는少女여,
夕陽은全혀그琮跡을숨(晦)켜바럿다,
이런쎄 너는어대로가느냐, 아아.

少女여, 발傷한자축어려가는少女여

少女여, 神에게派遣되어, 어대로런지,

뉘뒤를쪼차감가티

쏘는뉘를마즈러감가티 무엇에게부듸쳐도

숙을리지안는큰삼가(愼)는沈默과

한적은쌀간運命의'틱켓트'를가지고가는少女여,

夕陽은全혀그蹤迹을숨(晦)켜바렷다,

少女여, 이런째 너는어대로가느냐.

밤

달지고 슷지적이는동산에
고는밤의接吻을밧다
나의가슴에눈물이괴어가다

피곤과惱에부딕이던萬有는
밤의손바닥에어리만지며
고요히자다, 고요히자다

밤 秋風

씨저질듯이 强하게쟁친

프른緋綴을펼처감은

홍여문갓흔 고요한밤한울밋으로

地球의 적은노새를타고東方으로가는

多感한魂을가즌

젊은가을바람은

넷날의愛人 봄이그리워

긴젓대로 哀닯은斷腸의不忘曲분다.

한울우에는 솟갓흔

數만흔 아릿답은

MIS별들이銀河江畔과

왼한울우에 몰녀나와

구름의한케치-푸로눈물씨스며밤새혀듯고

싸우에는 풀과나무들이

두팔느럿트리고 코한심쉰다.

밤에 발자최를 차지려하오나

아츰에들에나가

밤의단녀가옵신발자최를살피려하오나

그 痕迹 은찻을수업고

다못이슬방울쁜이풀닙우에고여잇다

아아밤은풀들과

무슨애쯷는사단잇서원밤을우다가눈물만을냄기고가옵섯나?

밤이 되면 내노아 준다

太陽은

한울우의물새쎄갓흔

별들의어린애기를

소매속에잡어느엇다가

밤이되면호르를내노아준담니다

舊稿

百科全書

―언으 老人의 얼골을 보고서―

아々네얼골은왼갓眞理의百科全書일다,

아々네얼골은가쟝傑作의로맨쓰일다,

아々네얼골은一篇의人生의通俗的講話일다,

번개와 우레

번개는
한울이驚風하여
눈흐번득이는瞳子빗이고

우레는
한울이그驚風에부닥겨
悲鳴뇌치는呻吟소래람니다

碧鳩

별그윽힛쌈벅이는꿈의터, 뷘 靈에
파란바달기는 날이달녀옵니다,
아 - 좁은輪감의길노 '이러나라, 이러나라'고,
목에朱墨의글이매여잇음니다,
그뒤에는嶺底에힘업시졸든달이
눈(雪)을활ㅅㅅ털면서
錆鐵色의구름안으로허덩ㅅㅅㅅ쫏처옵니다,
아 - 달은 '機密'을일엇다고그문에웁니다.

碧毛의 猫

어느날내靈魂의

午睡場(낫잠터)되는

沙漠의우, 수풀그늘로서

碧毛(파란털)의

고양이가, 내고적한

마음을 바라다보면서

(이애, 네의

왼갓懊惱, 運命을

나의熱泉(쓸는샘)갓흔

愛에 살적삶어주마,

만일, 네마음이

우리들의世界의

太陽이되기만하면,

基督이되기만하면)

별, 달, 太陽

宇宙는 씃 업는 暗黑이온대

별과

달과

太陽은

그곳々의 洞里목에 빗치는 街燈!

그 發電所는 造化翁의 心臟속!

그리고 달과 太陽은 地球의 東西에 갈닌 晝夜燈이람니다

별과 달

별들은
샘바른女子의
날카로운눈동자빗갓고
달은
淫貪한女子의
길게째 물은헤ㅅ바닥갓습니다

별들

별들은

한울의

멧億萬年동안

數업시낫코 쏘나어

귀히 々々 길으는子孫!

그별들은

밤이되여야잠쌔서

그어머니의

프른가슴속으로

머리내밀고

눈쌈박 々々

넓은丗上求景해가며니야기하고

밤새도록곤지 々々 쥐암 々々 의가진아양부린담니다

별들아 일어나거라

가을夕暮는

南風의물결우에쪽배를씌워

젓고저어와서

넓은한울우에

흰구름쏘각의포대기걸치고

키자랄險상구진쏨을쑤고자는

어린별들의겨드랑이를간지리면서

일어들나거라 오ゝ올쌤이갓치낫에자는어린귀여운별

들아밤은왓다

내배(舟)우에밤을실코왓다

西쪽한울나루(渡船場)에서해를내려놋코 밤을실고왓다

너희들의그리우는아릿다운달도함씌불너왓다

일어들나거라 어린별들아

달을한울복판에안치고

너희들은일어나그달의압뒤를쌤둘너안저

달의속삭이는그玆味잇는기ㅡㄴ가을밤니야기를들어라

별들의 우

밤한울가운데

낙시배燈불갓치반작이는

별들의우에는

밤의精靈이고요히안저

地上의萬籟의魂을그물질하고잇담니다

별의 世界의 細民鄉

銀河는
별들의細民이몰녀사는곳
그는곳별들의世界의細民鄉

봄

봄의치마는東風,그빗은草綠!

봄의얼골은동글고눈갓치희다

봄의눈은粉紅빗의비둘기눈!

봄의마음은쓸빗의사랑의샘!

봄의職業은꼿製造,빗製造,노래製造!

봄은곳아릿다운生命을맨드는女流技師!

봄은太陽의젊은令夫人!

봄

가을가고 결박풀어저 봄이오다
나무, 나무에바람은연한피리부다
실강지에 날감고 밤감아
숫밧에 매여 한바람, 한바람식탕기다

가을가고 결박풀어저 봄이오다
너와나 단두사이에 맘의그늘에
紘音, 감는소리, 타는소리
싀야, 봉오리야, 細雨야, 달아

봄

이것은 幼年學生에게 歌케 하기 爲하야 作한 者이다.

어느날太陽은 적은約車에

초록襯依의 어린쌀을태우고왓다,

紅蓮色의 넥타이는 香긔스럽게

펄々날니우다, "愛, 生"이라고,

森, 園, 圃로

눈(雪)에머리헝킨童子쎄, 샘바르게

톡々튀여나와, 고개짓하며,

"이애야, 우리집土房도 들너가거라"고.

봄날의 새벽 풍경

봄날의 동트는 새벽풍경!
그는 꽃피기 전의 봉오리속이다.
그는 하늘의 꽃봉오리 속이다.
그는 푸른 허공의 꽃 봉오리 속이다.
그 속으로부터 아침해는 피어 오른다.
그 속으로부터 아침해는 붉은 모란꽃 피기와같이 피
어 퍼져오른다.

봄날의 微風

봄날에山으로向하여 들노向하여 或은사람의집쓸우와 동산속으로向하여 어린풀싹과나무ㅅ닙과꼿들에게젓을 주는듯, 쏘는그니마를만저보며, 그가느린脈搏을집허보는족으만어머니와갓치, 醫士와갓치돌아단니는微風을 누가귀엽게보랴

봄날에어린풀과나무ㅅ닙과꼿들을차저단니면서그작 란동모가되여아ㅅ츰과夕陽의해ㅅ발밋헤서그들과억개 얼싸안고씨름하며춤추며쏘는속삭어려웃는듯한微風을 누가귀엽게안보랴

봄날에꼿香氣를몰고단니면서아릿다운나비들을請헤 다가사랑을求하는이꼿저꼿에게媒婚해주는微風을누 가귀엽게안보랴봄날의밤에太陽님을머ㅡㄹ니보내버린 어린톡기색기들과적은새들을山가운데의바위그늘과나 무가지꼿과추녀속에서그머리쓰다듬으며자장노래불너 그들을고요히재워주는微風을누가귀엽게안보랴.

봄바람

봄바람 어대서왔나?
江물의
어름속으로
흐르를 날너나 왔네

봄바람 어대서왔나?
山ㅅ숲의
바위틈으로
흐르를 날너나왔나

봄別吟

봄은
太陽의令娘!
그는生物의
共同의어머니,
共同의愛人!

봄비

첫봄의

한울노붓허살ゝ히나빗겨내리는

종아리간은

봄비는空中의누에가뱃허내리는

흰비단실올과도갓다

이봄비의실타레를

억개에걸고 발과

손목에감어

풀닙우와나무가지사희를

날너넘고 기어단니는

性갈고은微風은

족으만織女와갓고染色師와도갓다

한울은江과바다와

쏘는시내와개울의큰물닙사구 작은물닙사구를먹어다

가실을틀어

　　그가슴속의실강개로붓허

　　봄비의軟한실을풀어내려

　　東方의處女微風을불너내여

　　어린귀여운봄의色옷

　　그生命의아릿다운옷감을짜며

　　쏘그옷을찬란하게물드린다

봄詩斷章

봄의살
봄의우슴
봄의마음은만저볼수가잇다
　그는사람의쌤에，머리ㅅ털솟헤자즈러지게스치는보
드라운微風！

봄의 동무

따우로
고은머리내미는
풀싹들!
애기다
귀여운 애기들이다
聖兒들이다
그이름은봄이다
마을의少女들아
손고이 손고이씻고나와
이봄의동무들받어맞어라
그리하야그에게
繡놓은신에
노란色동저고리
당紅치마잎이고서

낮이면온손에손을잡고
뛰며놀고
山과들로
억개동무　매음돌고
밤이면은 "달아달아"
달우에서
桂樹나무가지꺽거내라
내입　내입　논아먹세

봉선화

香氣도 깊은
순진하고
어진
빠알간
봉선화.

東方 少女의 사랑
情熱의 꽃.

그 情熱의 美貌며
풍기는 그香氣는
맡을수록 情들어 간다.

그 부드러운 꽃잎은

쥐어짜면
손톱위를 물 들리는
'愛情'이 고흔液이
넘쳐 솟아 온다.

夫婦配達夫

낫은男便，밤은안해!

둘은永離別의夫婦

그들의生業은配達夫

낫은"勇猛서러운精力"을配達하고

밤은"平和로운잠"을配達한다

낫과밤은地球를두便으로난호와

낫은太陽의나라에서勞働하고

밤은별과달의나라에서勞働한다

北風來!

北風의亂舞! 北風의高喊! 北風의突喊!

北風은進軍한다, 北風은 유嘵한喇叭을불며 進軍한다.

오— 北風吹! 오北風來! 오北風의總襲來!

오— 北風은 動員하엿다.

北風의隊列 北風의陳列은 萬里에連하엿다.

北風은바다를 휘마는 洪濤가티 쏘다몰녀온다.

오— 北風은 密林을버서난 猛虎隊가티 쌀가버슨'발지산'의 突擊隊가티 騎士團가티 義勇軍團가티 쏘는 伏兵하엿든 野戰兵가티 一氣에 쏘다저 몰녀온다.

北風은 한울의偉大한 怒氣가티 소리치며 쏘다저 몰녀온다.

불의 宇宙

별들도불

太陽도불

별들과太陽은한울우의불의爆竹

地球도불의世界에서墮落해나온

배ㅅ속에불을통ゞ히배인말성거리의색씨!

오ゞ宇宙는한개의불구렁(坑)속!

宇宙는곳불길노틀어된星雲구멍

그가운데는별들과太陽이地質現象과갓치

크고, 적어지고죽고살고變幻複雜

暗星들은곳별, 太陽들의屍體!

그럼으로今後의宇宙는한째는불써진캄ゞ한람푸와갓

치되기도하리라

그러나이星雲의구멍이

어느큰火山의배ㅅ속인지

어느죽은별의地心속인지무엇인지쏘그以前의狀態는
未知, 々々.

비ㅅ방울

집웅우에
遮陽우에
장독臺우에
추녀밋돌맹이우에울녀써러지는비ㅅ소리는
大地를써나
머-ㄴ空中으로잡혀갓든
물방울의애기들이
바람의손에救援되여
도망처나려와
어머니의무릅우에서
강중ㅅㅅ즐거워쒸며
엄마, ㅅㅅ, ㅅㅅ, ㅅㅅ불으면서
내몸숨길곳군우하는急한니야기람니다
마당과도랑에서요리조리휘돌아나리는물은

곳그물방울들이쎼를지어

안고업히고서로손길잡고

무섭운사람뒤싸르지못하게

어려운쏩으라진길쌩쌩돌아서

내ㅅ물노

江으로

깁흔바다ㅅ속으로

뒤도돌보지안코

한다름에줄행낭하야대굴대굴避身해가는것이람니다

四季의 바람

봄바람을안키기잘하는나비!
여름바람은할기잘하는곰
가을바람은울기잘하는송아지
겨울바람은쐬여달니는성낸말.

四季彈琴

봄바람의彈琴은꼿의아릿다운마음을노래하고
여름바람의彈琴은열매의魂의忠實함을노래하고
가을바람의彈琴은自然의悲壯한犧牲의愛를노래하고
겨울바람의彈琴은그犧牲의사랑에쓸어진피우에픠는
눈의꼿의潔白함을노래합니다

사람에게도 달이 잇다

사람의몸에도
太陽의反射를밧어서빗치는
달이한아달녀잇다
그것은곳사람의눈동자!

사랑

사랑은잿갈거리기잘하는
제비의魂!
그들은사람들의입술우의추녀솟테
보금자리를치고잇다

사랑과 잠

　잠은 사랑과가티 사람의눈으로부터든다

　그러나　사랑은　사람의눈동자로부터도적발로살그머
니들어가고

　잠은사람의눈 써플로부터 公然하게 堂堂히들어간다

　그럼으로 사랑은좀도적의 小人, 잠은 君子!

　쏘그들의달은곳은 사랑은 사람의 마음가운데들고

　잠은 사람의 몸가운데들어간다

　그리고 사랑의맛은달되滯하기쉽고

　잠의맛은 淡淡하야 탈남이업다

사랑은 욕심쟁이!

사랑은

사람의마음의솟을싸먹는새!

사랑은情熱의불솟(焰)을주어먹는새!

그러나사랑은욕심쟁이!

사랑은한말의잔최밥도저혼자만먹갯담니다(솟)

사랑을 주시렵거든

사랑을주시랴닛가
사랑을주시렵거든
"苦痛의가시"ㄹ낭은빼고주세요

사랑의 聖母

自然이
人生을다시創造할때에는
그一切의사랑의힘은
곳의世界로돌녀보내게하여라
곳人生의모든사랑은
곳의손에맷겨
그를永遠히기르게하여라
그리하여곳으로하여곰
人生에게사랑의길을가르키는聖母가되게하여라

三防月夜曲

반되ㅅ불은별빗과갓고

시내ㅅ불은銀河와갓흔데(友人金基坤吟)

재우에쌀거벗고올너오는달은

반듸ㅅ불을휘몰아안고

시내ㅅ물노쒸여들듯히보힌다(著者對吟)

三月 一日

　三月一日 朝鮮사람의나라를잃은 설음이 머리끝까지
치미러올으던 날이다

　三月一日 朝鮮사람의自由에의 憧憬이 불같이爆發
되든날이다

　三月一日 朝鮮사람이주먹으로 地獄門을 두다려 깨
트리고 뛰여나오려든날이다

　三月一日 朝鮮사람의 손발을 채워놓은 착고를성난
범같이 몸부름질하여 깨트려버서 바리려 든날이다.

　그날의朝鮮사람의 덩어리로 흘닌피는 그얼마나되던가!

　그피는 어느시내를 어느江물노 씩겨흘너갔을가!

　그피는 흘너가지않었다 그피는 어느억수장마에도
씩겨흘너가지 않었다 그피는朝鮮사람이 밟고잇는 땅
속으로 숨어드러 굿세고 굿세인풀이 되어 꽃이피었다

　그꽃은 ○ㅅ의 三月一日 마다따우혜 피여올은다.

그꽃속에는朝鮮사람의　○○진　○이깃드려있다.

　그香氣는朝鮮의 봄날의 바람을이르고 그빛은朝鮮사람의 모든情熱을물드린다.

　三月 一日 그날의朝鮮사람의 뼈저리든 울음소리는 곳小鳥의 노래되야 只今 朝鮮의江山에 아름다운 音樂을알외고있다

새벽

새벽속에서 해가 떠오르는것이 아니다
햇빛이 나팔꽃과같이 피어 벌려지는 때가 새벽이다
새벽은 햇빛의 만화병풍이 펼쳐지는 것이다
새벽은 해의 오랜지행기와같은 입김이 퍼져지는때다
새벽은 머-ㄴ 해ㅅ발에 비치는 모든 생명의 빛이다
새벽은 햇빛의 첫행기에 취해가는 우주의 두뺨빛이다

새벽녘의 뭇닭

화ㅅ속에서
뭇닭은마음검칙한
새벽놈의손에
그안고자든
쑴의寶具쑤럼이를盜賊마젓다고
긴목을쌔여쌔々울어댐니다

새벽의 해 맛나는 달

새벽의해맛나는달은
소박마저외로사는안해가
앗춤仕進가는男便내다보고
눈흘겨문닷고드러가는것갓다

序

　文藝 特히 詩歌 藝術에 對한 何等의 素養을 갖지 못한 나로서 남의 詩集에 對하여 序文을쓴다는 것은 如干 큰 潛越이 안인 줄 안다. 그러나 이 詩集의 作者 되는 黃君이 詩集을 내임에 當하여 나에게 一言의 序를 붓처 줌을 간곤히 바람으로 나는 之再 之三 躊躇하다가 마ㅅ츰내 멧 마듸를 記錄하는 拙筆을 들기로 되엿다.

　나는 여러 가지의 呶呶한 말을 避하기로 하고 다못 이 詩集은 비록 朝鮮안에서 朝鮮 사람의 손에서 生긴 者이나 그는 '自然詩'라는 일홈 붓흔 詩集으로서는 彼 워즈워즈의 田園詩가 잇은 뒤로는 世界에 처음 낫하나는 作品인 것을 말해둔다. 이러한 意味에 在한 詩集이 朝鮮 新詩壇을 創設한 自由詩의 開祖 大才兒의 손에서 낫하나 나오게 된 것은 더욱 반가운 일이다. 나는 이詩集의 出現에 依하여 將次 世界에 내보낼 天才 한 사람을 엇은 듯십허 君의 精力과 그 才能이 새삼스럽게 놀나와짐을 쌔달엇다. 黃君은 우리들의 平素붓허기다림이 만든 才能閥의 한 사람이였다.

黃君은 果然 우리들의 기다림에 어기지 안엇든 사람이다. 黃君아 君은 今後를 一層 努力 奮鬪하여 朝鮮 民族의 큰 자랑거리를 일우워라. 아울너 이 黃君을 갓은 朝鮮 사람들은 黃君을 더욱々々 鞭撻하며 그를 愛護하야 黃君의 才能으로 하여곰 그 詩로 하여금 全世界에 雄飛케하여라.

己巳年 九月 二十二日 夜

咸興 金 基 坤

西邦의 女

아々香爐에타는 彼女의말과우슴,

아々희게, 굿게눈물어러겹치는闇일다,

싸홈일다, 싸홈일다, 슬픈白刃戰일다,

아々西邦의女의 울어써는팔,

아々金盤에捧한"스든運命"아,

가다, 가다, 西邦의女.

旣知의蔭,

눈물의흐름에,

솟는墓,

문썩인星色의未知에

문썩인星色의未知에

가다, 가다, 西邦의 女.

夕陽은 써지다

젊은新婚의夫婦의지적이는房의
窓에불그림자가써지듯키夕陽은써지다,
夕陽은써지다,
愛人아　밤안으로흠벅우서다고,
나의質素한處女의살갓흔새긋한마음을　펼(擴)쳐서
네눈이쑤시게되도록,　너의게뵈히마,
내마음에는　지금밧은
黃昏의
脈풀닌,　힘업는
애通한接吻의자욱이잇슬쑨일다.

愛人아　밤안으로흠벅우서다고,
나의　이연(柔)한마음을펴처
가을의행긔럽운夕月을싸듯키

네의부닷기고, 고寂한魂을싸주마.

愛人아, 밤안으로흠벅우서다고,
네의우슴안에 적은幕을치고
地球의섯에서기어오는앙징한'새벽'이
우리의魂압헤도라올째 신지,
너와니이야기하면서 숄을쌔듯키자려한다.

愛人아, 밤안으로흠벅우서다고,
네의그微笑는 처음사랑의
쓰거운煌惚에턱괴힌
少女의살젹가(鬢際)를춤추어지내는
봄저녁의愛嬌만흔바람갓고,
쏘너의그微笑는

나의울음개한마음에繡논적은무지개(虹)갓다.

愛人아, 밤안으로흠벅우서다고,
나의가쟝새롭은黃金의叡知의펜으로
네의玲瓏한우슴을찍어
나의눈]보덤더흰마음우에
黃昏의키-쓰를序言으로하여
아々그애痛한키-쓰의輪線안에
너의얼골(肖像)을
너의긴-生涯를
丹紅으로, 藍색으로, 碧空色으로
네의가쟝즐기는빗으로그려주마.

愛人아, 밤안으로흠벅우서다고,

내마음이醉해넘머지도록

너의薔薇의馨氣갓고

處女의살馨氣와갓흔속힘(底力)잇는웃슴을켜(彈)려
한다

愛人아우서라, 夕陽은써지다.

愛人아, 밤안으로흠벅우서다고,

네우슴이 내마음을덥는한아즈랑이(靄)일진댄

네우슴이 내마음의압헤드리우는한꼿발(花簾)일진댄

나는 그안에서내마음의곱은化粧을하마,

네우슴이어느나라에길써나는한颱風일진댄, 구름일
진댄

나는내魂을그우에갑야웁게태우마,

네우슴이 내生命의傷處를씻는무슨液일진댄

나는네우슴의그쓸는坩堝에쐬여들마,

네우슴이 어느世界의暗示, 그生活의한曲目의說明
일진댄

나는나의귀의궂은못을빼고들으마,

네우슴이나의게만열어뵈희는

너의悲哀의祕密한書帖일진댄

나는 내마음이洪水의속에잠기도록 울어주마,

愛人아우서라, 夕陽은꺼지다.

세 決心

나는세샹업서도그들과는다시눈을견주지아니하갯다,
—내눈이밤눈어두운왼갓벌내의燈이되드래도—
나는세샹업서도그들과는다시입을견주지아니하갯다,
—내입이도랑가에쏨벅이는굼벙이의喇叭이되드래도—
나는세샹업서도그들과는다시귀를견주지아니하갯다,
—내귀가하로사리나파리의小便함이되드래도—
나는그들의世界를보기에는
내마음이넘우큰어즈럼과憤怒를늣긴다,
나는그들과니야기함에는
내마음이넘우큰붓그럼과厭倦을늣긴다,
나는그들의말을들음에는
내마음이넘우큰져림(痙攣)과쓰라림(疼痛)을늣긴다,
나는그들의게'얼싸진장님(盲人)'이라고불닐때가
네의가장壯嚴한큰世界를바라볼때다,

나는그들으게 '얼싸진 벙어리'라고불닐때가
더와가치流暢한熱辯으로니야기할때다
나는彼等의게 '얼싸진귀머거리'라고불닐때가
네의가쟝그윽한獨唱을들을때다.

세빗!

한울우에는
별이총々
싸우에는
어린애기들의
눈瞳子가총々
압바와
엄마의눈은
헤ㅅ님갓치
크고무서웁소

小曲

검앵씬
土窟의
어구(入際)에서
소리의
곰팡쓰른
病鷄가
스풀에
떠러질뜻한
夕日을
바라다보면서
움(啼)은
異常해라!

少女의 마음

少女의 마음은 봄잔딋풀!
그는 발브면 읔크러지고
그는불대면 타진다.
少女의 마음은 琉璃풍경
그는 바람부다치면 울리고
그는 내던지면 쌔진다.

少女의 魂

少女의魂은 어느곳에 드러잇슴닛가?

少女의魂은 그고흔 乳房가운데 드러잇슴니다.

少女의魂은 그乳房속에 꼿과가치 피여잇슴니다.

그꼿은 들가운데 寂寞하게 핀鈴蘭과 갓슴니다.

사랑은 그꼿에서 열리는 다못한개쑨의 果實!

少女의 가슴 속

少女의가슴속에는족으만연못이잇다
아아그들이그가슴을世上에解放하여준다면
나는그가슴속으로기여들어그연못속에
족으만벌가티영원히잠겨잇겟소

少女의 마음

少女의 마음은봄잔듸ㅅ풀!
그는밟으면욱크러지고
그는불내면타진다
少女의마음은琉璃풍경!
그는바람부닷치면울니고
그는내던지면쌔진다.

少女의 마음과 情熱

少女의마음은草綠빗!
少女의情熱은쌀간櫻桃빗

消毒灰

봄죽은집에

여름이移舍와서죽고

그뒤에가을싸지와서쏘죽으니

일년도못되여한집에서

생쎄갓흔各姓의세송장이나갓다

한울은생각다못해 겨울의衛生隊를보내여

地球의왼집속에 흰눈의消毒灰를쑤린다

小宇宙, 大宇宙

사람의눈에보히는宇宙는
太陽系둘네의天禮쑌임니다
그곳을'島嶼的小宇宙'라고함니다.
小宇宙안에는헤ㄹ크레스星雲의別宇宙系統과二億萬
의嚴壯한별들이한울놉히屛風둘너안저잇고
그밋으로달과太陽과地球는족으만風扇공과갓치귀엽
게써돌아단님니다
이宇宙밧갓은大宇宙, 그안에잇는銀河의저ㅅ족으로
저ㅅ족까지의
쯧업는無限에의
모든'島嶼的小宇宙'의星雲, 쏘는그들星雲속의恒河
모래갓치쌀니여잇는족으만별들
大陽들
生物의世界들은그種類와數爻를어즈러워想像할수도
업음니다

掃除夫

가을은
들에서도
山애서도
긴바람의비(箒)를휘둘너
풀닙
나무닙
큰열매 적은열매획々쓰러써러러트린다.
그등우에는 느른글자로自然의掃除夫라고入墨하여
잇다.

頌

(K兄의게)

君의肉┤─z─冷한가을, 固한겨울,
君아, 그대한번입다므면.

君의靈 ─z┤─'眞理'의싹나오는연한봄
君아, 그대한번눈다드면.

君의眼 ─z┤─闇의綠門에드신新月
君아, 그대한번戀人과向하면.

頌

―新靑年 四號에 寄하여―

저리로

저리로

野生의

薔薇을

밧들고가자
　　　　'새벽은오다
　　　　　　　새벽은오다'

地上에자는사람들아

저리로

저리로

愛의

朝饗을가지고가다
　　　　'새벽은오다

새벽은오다'

냇물을넘어
언덕을넘어
넷城趾를넘어
저리로
저리로
花冠과
眞理의길을것는
달치안는곱은신을가지고가자
　　　'새벽은오다
　　　　　새벽은오다'

어여가자

어여가자
巡禮하러써나는聖者의무리갓치
저리로
天國의爆竹갓흔太陽의써나오는그리로
復活의
새벽을마즈러가자

數만흔 天文臺

논두렁과

개울에는

數업는天文臺가잇다

그天文臺들에는

올챙이로붓허榮轉헤온

개구리라는天文學者가잇다

개구리들은

불숙내밀은쿤눈알을望遠鏡으로하여

눈부시는듯히씨긋이

한울우의氣象을살펴보다가

비가올듯하면 一齊히쌔굴々々울어댄다

그것이곳개구리들의비온다는'氣像報告'란다

巡禮者

가을바람은

碧空을巡禮하는

出家의聖子와가티

大地를굽어보며

夭命한

億兆의풀大衆과

不幸한哀닯은

病苦

老苦

死苦를歎息해노래한다.

숨길 구멍

하늘은 얕다 숨이 막힌다

하늘은 모둘뜀에 머리가 치바칠듯 하다

하늘은 기지개에 주먹이 꾀져나갈듯 하다

하늘은 파라솔을 펴 놓은듯이 땅을 폭 덮어버렸다

하늘은 땅과 입술을 마주 대일 사이이다

나의 숨쉬는 입김은 하늘에 서려 올라 구름이 뜬다

그는 하늘아래 흩어져 안개가 자욱히 낀다

나는 그를 도로 마셔 숨쉰다.

그는 기구(氣球)속의 가스와 같은 묵은 바람이다

하늘은 밀폐(密閉)한 방속과 같은 좁은 허공이다

대지는 하늘을 천정으로 한 조그만 토막(土幕)이다

가슴이 답답하고 머리가 탁한 술에 취하듯이 터분하다

하늘에 훠언하게 창문을 열어제치자

하늘을 터뜨려 나의 숨길 구멍을 터놓자

끝없는 우주의 푸른 대기를 마음껏 갈아 마시자

숨박굽질

달과太陽은

맛붓잡기의숨박굴질을함니다

달은太陽의씽문이를쏫고

太陽은달의씽문이를쏫처서

달과太陽은

한울의한雙의

언제던지한살된귀여운애기람니다

시내ㅅ물 우의 달

(三防에서)

시내ㅅ물은

싸속에발목잡히어것지못하는

나무와풀들의

설흔하소연을실고

이골저골구비처흘너가는데

달도쏘한무슨설흠이잇는듯히

그흘러가는시내ㅅ물우에가슴풀어헷치고잇다

싀ㅅ썰건 쌀기

싀ㅅ썰건 쌀기! 그肉은여름의마음쏘각

싀ㅅ썰건 쌀기! 그肉은여름의마음주머니

곳그는여름의마음이나흔알(卵)

그속에는여름의사랑이 – 魂이들어잇다

곳그속에는여름의사랑이, 魂이배여잇다

곳그속에는여름의胎兒가   自己의즐겁운'産의날'을우

수며

울며가슴조려기둘느고잇다

神

사람들은

眞理와먹붓잡고싸홈하다가

힘붓처지게되면뒷손으로

神이란　乾達을불너

그싸홈의仲裁를請한다

神은곳사람들의싸홈을말녀주고

추어주는술잔간이나흐지부지엇어먹고지내는宇宙最

大의浪人이란다

神과 佛처님!

神과佛처님은
無知한사람들의
졸님오는朦朧한幻想가운데
씰어트리면다시일어나는
재조부리는'옷둑이'!

新我의 序曲

勇士야들으라, 未來의戶口에나가들으라,
官能의廢坵, 噫, 落月의밋으로
고요히, 哀달게, 울녀나오는
尊한辱日의曲 ― 新我의 頌.

爲의骨董에魅한날근나는가고
嬰兒는 懺悔의闇 ― 三位一体의胎에賴笑ㅎ다.
自然. 人生. 時間.

新我는불으짓다 '오오大我의引力에
感電된肉의刪木 ― 一我, 一我야
新我의血은 世의始와終과에흘너가고, 흘너오다.

나의게 哀愁업다, 恐怖업다, 苦惱업다,

츰의'나'無限의傷과滅亡밧게
噫，死와老는
調和의花火일다，夕宴일다'라고

蟋蟀

이것은 언으 째, 우리나라'民謠改良'을 生覺하엿슬
적에, 고요한 秋夜에 반으질하는 少女 等에게 歌케 하랴
고 試作한 것이다.

蟋蟀은 무릅에針寵놋코
운다, 운다 적은拍子치고운다,
"슷처써러러진悅樂아,
감친눈터진사랑아, 어엇차, 이엇차"
　　(가을의험킨빗을풀어흔들면서)
蟋蟀은적은拍子치고운다, 운다,
"화가는愁삼아
자는어린쌀아(人形을 가라침)
고은新郎태고오는아참아, 이엇차, 이엇차"
　　(가을의色헌겁책력을열면서)

싹

봄은옴니다

봄은모든말는나무와

어-ㄴ싸우에

입마ㅅ추며옴니다

그입술한번슷치는곳에는

나뭇가지사희와

흙속에서 파란

어린싹들이입술을쪽ㅅz쌀며

봄의단키-스를더맛보려고벗채는듯히

머리쌜근ㅅㅣㅅz치켜들고나옴니다

아ㅅ츰 노을

아ㅅ츰노을은
머ㅡㄹ니太陽을맛으러간
地球의代表者의무리람니다
그들은곳地球의물나라에서
地球의魂을代表하여간그盛裝한使節의무리람니다

아스츰 맛임

都會와農村의고요한黎明가운데서

山들은깁흔默念으로서

닭(鷄)들은힘찬노래로서

나뭇가지와풀가지들은

프른닙의한케치푸를흔들어

밝어오는아스츰의魂을마지함니다

아즈렁이

아즈렁이

太陽의好男子를보고

붓그리워하는'봄'의쌤빗

안이아즈렁이는

太陽의好男子를보고

貪내하는'봄'의醉한秋波빗.

아즈렁이의 洋傘 밋

봄은새ゝ로

아즈렁이의옴푹한

파란洋傘을밧고

그밋헤서멀-ㄹ니계신

젊은太陽님의넉을불너내려

입맛추고사랑을속삭이여니야기한담니다

아츰에 일어나는 나의 가슴 속

　아 츰에일어나는나의가슴속에는힘이 ㅅ 憤怒와가티
치미러오른다
　아츰에일어나는나의가슴속에는힘이잠째인호랑이가
치기지게펴고소리勇敢히외친다

아ㅅ츰 이슬에 저진 숯들

아ㅅ츰이슬에저진숯들은
밤사희의秘密한亨樂에힘짓친
머리ㅅ뒤늦처진
볼탁이흘죽하고
눈새ㅅ군한싀집갓간색씨들갓구료

안개

안개는
한울이쌀가벗고옷가러입느라고
재ㅅ빗網紗로써
地球우의
生物들의눈을가리워놋는것이람니다

安眠妨害

밤중이되여도
봄바람과
쏫들과
닙파리들은
풀사희와
나무가지우에서
부시럭바시럭
괴상한소리를내여
젊은내몸은잠못이루오
이安眠妨害어대가서호소하면좃소
그호소밧어주는관가는어대잇소?

앗츰 참새

앗츰잠일(무)는

참새들은

자리것어차고

추녀씃에나와안저

空中으로올너오는앗츰의사랑깁흔

어머니의그립은얼골을바라다보며

고개개웃둥거리며

지낸날의

날맛드록行한조흔일 구진일

쏘는밤사희에본모든긴쑴니야기를

제각금재々거리며알외여밧침니다

애기는 솔솔 자오

애기는 솔솔자오
애기는 그품속에
고흔잠을안고솔솔자오
뉘에게보이지안으려는
고흔잠을 쏙안고솔솔자오

愛人의 引渡

흙비갓치濁한

무덤터(墓場)의 線香내나는저녁안개에휩새힌

싯업는曠野의안으로

바람은송아지(雛牛)의우는것갓치

弔喪의鐘소래갓치

그윽하게불어오며

나의靈은 死의 번개뒤번치는

黑血희하늘밋,

활문山에祈禱하는基督갓치

업듸여온다

'愛人을내다고'라고,

아々내靈은

날째더리고온 단하나의

愛人의간곳을차즈려

여름의鬱陶한구름안갓흔
싯업는廣野를허매히는盲人이로라.

鶯

숫핀골에울니는봄소리

부드럽게 가슴에방울 써러지다

아, 쐬쏘리야

白日은녹(溶)고

째는가는길에酩酊한다

아, 쐬쏘리야

揶揄

君의肉 – 찬가을, 굿은겨울,
君아, 그대한번 입다므면.

君의靈 – 眞理의싹나오는 부드러운봄,
君아, 그대한번눈다드면.

君의眼 – 闇의綠門에드는新月,
君아, 그대한번戀人과向하면.

어느 물의 하소연

太陽이여! 저희의故鄕은蓮닙의우!

곳저희의前身은蓮닙우의이슬의무리!

그런대저희는당신의恩顧를밧어榮華롭게 물의世界
의神仙인흰구름이되여날마다한울우의駿馬 – 바람을걸
타(跨)고

넓은空中을마음대로달니고달녀 月世界의일홈난모
든溪谷과火星의運河, 極帽와木星의赤斑土星의테(環)
박휘와쪼는暗星들의世界의奇觀, 絶景을바라보면서
왼宇宙를내집쓸안갓치돌아단닌다가

쑴인가 生時인가, 할우는저희가탄말이덧나서

저희를곤두박어썰어트리든것을

어렴풋히記憶하을쑨이온데

그뒤저희의몸은비ㅅ줄기에석겨써러저

只今은零落하여 地上의더럽운즘생의쏭뎅이로城郭

을모흔쇠발자최속에사로잡힌가엽는몸이되엿음니다

　오々太陽이여!　이不幸을　將次어이하오릿가

　내목을싸는칼이잇다하오면自殺이라도하겟소이다

　太陽 '오々너희야너희는그냄새나는쇠발자최속에서天國을찾어라　물은비록시궁치나개ㅅ쏭속에고힌者라하드래도그는모다나의버리려야버릴수업는귀여운子孫들!　그는곳한어머니胎ㅅ줄을갈느고나온地球의피,　宇宙의피!　구름이나이슬이나쏘는보기더럽운구덕이갓흔벌해의腸子를휘돌아나오는오즘방울이라도그들에게는물노서의身分의上下가업다그들에게는다못그때그그때의位置와役割어다를쑌이다　오々쇠발자욱속에갓치운물들아너희는멀지안하여아릿다운개울노늡으로江으로쏘는가슴싀원한넓고넓은바다로向하여나가는몸이되리라　그리하여쏘째맛나면다시한울우로올나노을도되

며무지개도되리라 그러나그것은물의世界의貴族이나
神仙이되는것이안이다 그는곳宇宙의大小血管을서로
順次밧구어도는그새의暫時지내가는形容 물은쏙갓흔
身分의兄弟이다 물은언제던지한곳에合치는偉大한平
民의무리다'

女子

女子는사랑쏭닙을먹는누에나비

女子는사랑의쏭닙을먹지못하면그生命의실을싸내지
못한다

女子의 눈동자

눈(眼)속의

쌈안점우에

족으만솔씨가티쏙으리고안저

눈에도보히지안는낙시줄노서

世上의만흔男性들을

솜터럭보다더갑야웁게

손쉽게낙거가는낙시ㅅ군은女子의눈동자

女子의 마음

女子의마음은倭紗손手巾

조금만밝은光線의압히면

그속에써힌物件이내혀다보인다

열매

愛는密色으로익고
이곳, 저곳에 醉者의써듬들니마
아 여름은 열니다, 사랑의가지에 붉게열니다.
'노래하라, 노래하라'곳새는손벽치고가다.

오々 제비들이여 오너라

空中으로붓허날녀오는避難民!

오々空中으로붓허날녀오는간난한移住民!

오々겨울바람의亂難를避하여

먹을것의주림을避하야단한벌의입은옷채로

空中으로붓허족으만飛行機쎼와갓치날녀몰녀오는너

희의일홈은

새의나라의제비!

오々제비들이여! 이나라사람들은

너희의이나라에내리는上陸을막지아는다

이나라의사람들은너희에게추녀씃을주고

쏘너희의배를불닐豊富한벌해를산양질할自由와그우

에너희의몸을

덥힐平和로운쌋듯한바람을갓게하며

쏘너희의世界流浪의나그네길의니야기를

여러가지의追憶의하소연을

곳악센트간은아릿다운能辯으로써재々거리는

너희의모든즐겁운波蘭만흔로맨스를반기여들으리라

오々제비들이여! 이나라의

봄의파라다이스속으로오너라

五錢會費

여보게 동무! 오늘은 어대서모힐까?

오늘은 출출한저녁모스럼에 拾錢식만가지고

액구갈보네 모주ㅅ집에서모혀보지않으려나?

모주ㅅ집은 우리들의 한盞慰安의 가장즐거운호ㅡㄹ
이 아니요 빠ㅡ니까…

그곳은 우리들의 술잔아레의 은근한共同立談所이니까.

그것도 좋은말일세. 그러나 더 妙案이잇네.

이不景氣한때에 우리에겐 拾錢도벅찬負擔일세

經費적게걸니는 곳으로 모히세. 저번그곳이좋을줄
아네.

그곳알겟지! ××의무시룻떡집마랴!

그곳은 때만잘맞우어가면 무윗보다 조용하니까!

그러한떡집이야말노 우리들 無産勞働者의理想的集
會所요 會見所일세.

짠지冷수푸(짠지김지국)에 白水茶 백비湯커피를얼마던지

마음대로 거저마실수잇지않던가?

그곳은 우리들의 배실속차리는 밥대신의唯一한케익호—ㄹ 白水茶俱樂部일세.

그곳은 자판椅子도있고 새끼金方席도있서,

마주둘러앉어서 이야기하기에는 아주맛침곳이지!

이야기를위해서는 이만치좋은곳이없네.

이곳에서 淡淡한白水를마시면서 이야기하는것은,

그싯큼하고 텁적직은한모주와비지가 따를맛이아닐세.

왜 그러심닛가

어느새던가
나뭇가지와
흙속에서 '아야야, 애고배야' 하고외치길네
쌈작놀래 '왜그럼니가무엇에滯하셧서요'
무럿더니 그들이얼골쌀애저對答하되 '안이예요
아마애기가나올녀나봐요
싹(芽)이, 봄의魂이'

우리들은 新婚者

나그네길가는어느

美貌의제비가머리에는

潤彩흘으는天鵝絨의

전두리업는中山帽갓기도하고

족으만防寒帽갓기도한

紺色털의동글帽子를오긋히쓰고

가슴에는루바시카갓흔흰졋기(短衣)에

몸에는쏘한接부ㅅ채形狀의

야릇한소매달닌半모-닝갓흔紺色털洋服을입고

코우에는세루로이드의眼鏡을걸침과갓치보히는聰明
한맑은눈알을

반작이는

맑숙하고도날신하게호리호리한모-단靑年의스타일
노서

그겄에는 사희좃케

달큼한憧憬에타는눈동자의

숨결헐덕이는허리가는

鐵弱한안해를날녀세우고

山嶺을넘고

개울을것치여

돌노붓허들노

空中을내리는화살갓치다르면서

象牙송긋갓흔부ⅹ리속으로

'우리들은新婚者

가는곳은봄의나라

봄의나라는아릿다운맛조흔벌해쓸는솟찬란한나라

봄의나라는우리들의귀여운兒孩를나누어주는즐겁운

産兒院

봄의나라는그리웁다 봄의나라는 一里, 二里, 三里의
사희

　一里의압은마을집의추녀

　二里의압은시골거리의집ゝ의추녀

　三里의압은都會의집ゝ의추녀가잇다

　그곳에우리들의사랑의스위트홈이잇다

　그러나우리들은봄의나라에는暫時의身世

　한봄, 한여름이지내여우리들의나혼귀여운

　어린애들이空中에서발거름타면

　夫婦同伴　어린애同伴압서거니뒤서거니

　들과　얏흔山과개울과

　연못과늡과湖水와

　江가와넓은沙漠의

　곳ゝ의名勝之地대를차저이곳에서자고저곳에서자면서

눈물여린가을마음을노래에언고 시로읊흐며

쏘다시싸듯한바람의뒤를

愛人의뒤와갓치쌀어멀니々々가렴니다'라고조잘

々々々々조잘대인다

右別題

엷게흐린

구름속에서내빗치는太陽은

물속에서내다보는주린무섭운호랑이눈갓흠니다

宇宙

우주는 공백의 세계가 아니다.
우주에는 지혜가 가득히 차 있다.
우주는 지혜에 찬 두뇌와 같다.

우리는 공백의 세계가 아니다.
우주에는 혁혁한 역사가 있다.
우주 투쟁사가—인간 창조사가—

우주는 커다란 신비의 서고(書庫)다.
푸른하늘은 그 역사의 첫 페이지를 연다.
별들은 그 서문의 빛나는 글자다.

구름과 노을들은 그 표지 그림이다.
해와 달은 그 원부분의 제명제호다.
그 문적(文籍)은 무량질이다.

宇宙의 구멍

宇宙의큰구멍은

宇宙안에서나서

宇宙를몰나嘆息하는

生物들의恨을싸쟁이는倉庫람니다

宇宙의 奇勝

별우에
사람이
산 다.

별우에
소가
밭을 간다.

별우에 꽃봉우리가
숨을 쉰다.

그 별은
구름속에
녹음속인양 묻혀있다.

그 별은
人間만이 아는
宇宙의 奇勝 - 地球다.

宇宙의 血脈

숨을 쉬면
하늘이 벌덕어린다
내 胸廓과 같이
내 가슴의 고기덩이와 같이──
내 생명의 피의 한방울은
하늘의 蒼顔도 붉힐수 있다
내 손목위에서 宇宙의 血脈은 뛰논다
宇宙의 喜怒哀樂은
내 심장 내 핏방울의
指呼를 받는다.

웃음에 잠긴 우주

어느 여름날의 이른새벽이다

나는 잠쌔여 눈떴다

나의 머리맡에 와앉은 꼬마고양이도 눈떠서 야웅한다

고개 들어 창문을 열고 뜰아래를 보니

담밑의 채송화들도 눈떠서 귀엽게 웃는다

하늘도 가슴프레 눈떠서 우슴을 흘리고

머-ㄴ 재아래의 아침해도 눈떠서 빙그레웃고 떠올
라오는듯

왼세계가 눈떠서 웃는 순간이다

우슴에 잠긴 우주다

元旦降雪

눈은한울의마음속에피엇든쏫

이쏫들이정월초하로ㅅ날에떨어저내리는것은그날에오시는봄의걸어드옵시는

길을곱게치장하는것이람이다

곳봄의걸어오시는그발등과고은衣裳에티ㅅ글이쒸여올으지못하게하기

爲하야곳봄의걸어드옵시는그버슨軟한발밋살을傷하지안케하기爲하여

月蝕

月蝕은

地球가

단하나의니즐수업는

내누이동생을

오래간만에 오래간만에 空中에서相逢하여

눈물겹게반갑고 귀여운남어지에

등에업어보고

안어보고

얼골견우고쌤 대여보고光景이람니다.

淫樂 宮

나의金茶色의面紗를쓴苦惱가

나의靈과

불탄터와갓흔

太陽이써오르는검은구름의압,

한무리幽靈의酒酊하는

野宴의怪異한天幕밧게서잇스매,

三日月의눈섭, 鳩卵形의맑은눈,

얼골동글납다대한한곱은少女가

왼편벗슨살씨고, 뾰한억개에

寶玉자루의적은비(箒)와

琥珀의적은빠켓츠를걸고

우리가속쓸여잇슴가치 무엇에끌여잇는

하늘을비웃는것갓치 치어다보면서 걸어온다,

少女는말하다 "너희들의서잇는그곳은

絞殺, 斬殺, 烹殺, 磷\殺의
□□□□□□□□□□일다,
그리고 너희들의生命의淫樂의터일다
나는너희들의서잇는길을,
내가너희게준(授)靈의우에벌녀진
너희들의本能의벌떠듬(蜂騷)의터를,
왼갓淫樂의더럽은엉덩이(尻)를
곱게, 곱게 씨르러 왓다,
그리고 너희들의 空虛한가슴안에
눈물과創造의新鮮한피를부으려왓다,
나는또너희들의靈의
왼갓愚痴한눈물과
왼갓懶怠의눈씹을닥그려왓다,
아아나는너희들의참生活의풀무채를끌녀왓다".

二頭의 白馬

하늘의넓은니마로
식은쌈갓흔비써러지는저녁,
異常한沙漠으로
太古로붓허, 지금싸지
달과太陽의거름자최밧겐
사람이고는하나도지낸적업는
어린아해의마음우갓흔沙漠으로
한쌍의쏭지쌀덕세인흰말이
黃金의車에'불'을잔득실고
'살너뭇질느갯다, 살너뭇질느갯다'
마을의森林압흐로
마을의森林압흐로
헐덕, 헐덕다러온다

이른 아ㅅ츰의 나비의 숩풀 訪問

이른아ㅅ츰숩풀속으로

수염쫏긋거리며

거름발타는어린애기갓치

족으만날개벌니고

스러저썰어질듯히엿지々々

서로압을닷호아

허휘단심날너가는나비들은무엇을하러감일고

그들은쏫들의손바닥우에고힌淨한이슬방울에자고난
얼골을씨스러감일가

그러치안으면푸른닙팔의긴帳幕을둘너느리운쏫들의
寢牀속(이불속)에

어느殊常한者의잠자는것을새잡으러감일가

이슬

이슬은
별들의가슴에서짜내리는젓
그는닙파리와
쏫들에게멕이는맑은香氣로운젓이람니다

人生

사람의몸은배(舟)!

사람의魂은그배를젓는沙工!

사람은그몸의배우에

知識과黃金과希望의짐을실코

幸福의陸地를차저

苦痛의大海를써나가다가

一哩도못가서死의暗礁에부딋처沈沒해버림니다

人形

汽車의窓에
목냄인각씨야,
휘저라, 휘저라.

여섯살의각씨야,
비가 들모기갓치날너온다,
휘저라, 휘저라.

지내는언덕마다에
지내는내물마다에,
휘저라, 휘저라.

할머니와
할머니와
수건을휘저라, 홈씌휘저라.

一枚의 書簡

어느날'새벽'의 遞夫가

地球國 自然方

'人間殿'이라는한張의

便紙를가지고와서地上에내던진다.

그便紙裏面에는'造化翁拜'라하엿고

그文面에는曰'敬啓者다름아니라TIME府令에 依하여

여름과그의게쌀닌一切의家族은더려가고

宇宙樂壇의 寵兒提琴家가을君을보내니

한울새로물들인맑은大自然속에서

가을君의바람줄(風絃)을타는

풀曲調, 나무닙曲調, 물결曲調等의여러가지名曲에

울고 싸고 한심늦기여마음것享樂하라'하엿더라

地上의 屈指의

美人 나희찬여름은

271

나날히 粉丹粧하고

香水로 몸저리고

그집동산속으로

옷잘입은 美少年의

새와 나비들을번갈너불너드리더니

여름의 색씨는 어느듯아비모를

私生兒 가을바람을나어 그애기를

사람들의 世界의쓸안에몰내내버리고

밤逃走하여 地球의먼國境을넘어

空中의 어느곳으로그자최를숨겨바럿다.

그애기는들노 山으로허메며

우는노래로 먹을것을비럭질한다.

나무와풀들은 그애기의게닙사구의동그란돈을던저준다.

一盃의 잠!

日沒後의大地우에

밤은萬籟만뇌]의무릅겻헤와서

빗검으나 귀여운기-ㄴ손으로

一盃의잠을勸한다

萬籟만뇌]는그잔을바더

새ㅅ노란잠을마시며

그깁흔 감치는맛

그 간지러운恍惚한香氣에 醉하야

코ㅅ놀애즐겁게 놉게 낫게

쿠 쿠

콜 콜

나무닙은

바람에게달내이며

간들

간들
山은고개숙어박고
들은(人事不省)네활개쩍벌렷다

自文

　　나는 본래 政治 靑年의 한 사람이였엇다. 나의 어렷
슬 째붓허의 모든 修養의 길은 法律과 政治科學이였
엇다. 나는 곳 政治家로서 서려 하는 것이 나의 立身
의 最高目標이엿다. 그러나 나는 詩를 쓰지 안을 수
업는 어느 큰 설흠을 가슴 가운데 쑤리 깁게 안어 왓
다. 그는 곳 나의 어렷슬 째붓어 밧어오든 모든 現實
的 虐待와 또는 나의 간난한 어머니와 나를 爲하여
犧牲되얏던 나의 不幸한 누이의 運命에 對한 설흠이
엿다. 그는 맛춤내 나로 하여금 남 몰으게 嘆息해 울
고 또는 성내여 現實을 社會를 呪咀하면서 더욱々々
내누이를 울녀가면서 모든 周圍의 誘惑과 輕蔑과 싸
와 가면서 詩를 쓰게 하엿다. 나의 詩를 쓰는 環境은
實노 괴로웟엇다. 그는 宛然히 地獄 以上이엿다. 나는
일부러모든 無理를 犯해가면서 이 詩集을 얽는다. 이

275

詩集은 나의 十餘 年間의 만흔 詩篇에서 自然詩만을 골나낸 것이다. 人生에 對한 詩篇들은 쏘한 篇을 달니하여 世上에 내노려 한다. 그러나 이것들은 모다 나의 社會運動 以前 곳 大正 九年 以前과 쏘는 滿洲放浪時代에 된 作들이다.

近作은 大部分이 어느 傾向色彩를 갓은 思想詩들이다. 나는 爲先 이 詩集을 나의 지낸 날의 生活 記錄의 一部分의 斷片塔으로서 내노코 쏘 뒷날을 約束해 둔다.

긋으로 나에게 書齊를 提拱해 준 東京時代의 옛 친구 金基坤兄에게 一言의 禮를 올닌다.

己巳年 九月 二十四日
咸興書齊에서 (著者)

自由

나는雪糖과같이달고　林檎과같이　맛좋은　自由도싫타

나는　또한黃金冠과　다이야몬드頸環같은燦爛한自由
도싫타

나는더러우나마　産苦에애ㅅ�쓴피묻은닭알같은自由
가그립다

나는작으나마바위ㅅ틈을비집고나오는丹楓과소나무
와같은自由가

그립다

나의그리워하는自由에는꽃이없어도좋타

玉盆가운데의花草꽃은自由의꽃이않이다

잠

잠은별들의넉이람니다

그넉은술과갓흔파란液體람니다

별들은눈에보히지안는대(管)긴쌀닥이로

사람의눈속에그잠을넘치도록쏠각부어느어준담니다

太陽은앗츰에와서 잠의맛잇는津液을

헤(舌)차가며할터쌀어먹는담니다

잠!

밤마다 오는 그는 오늘밤도 또 왔다.

그는 와서 나의집 방문을 장단치듯 두다린다.

나는 그를 환영하여 방문을 열어 주었다.

그는 쌩긋거리며 내 방문을 걸어 들어왔다.

그는 다정히 내손을 쥐고 손등을 부며 주며, '왼종일 수고했네' 한다.

그는 보드러운 손으로 나의 등을 두다리며 '왼종일 수고했네' 한다.

또 그는 이마의 땀을 씻어 주며 '왼종일 수고했네' 한다.

그는 나의 벼개곁에 앉아 나를 위로하는 고소한 자미있는 이야기를 해준다.

나는 그이의 달콤한 속삭임에 맥놓고 취해 버린다.

그는 밤마다 나를 찾아오는 즐거운것 '잠'이다.

그는 나의 魂을 꽃밭속으로 끌고 간다.

나의 魂은 꽃밭속에서 밤새도록 꿈과 술레잡기를 한다.

잠의 映畵技師!

잠은 映畵技師!
그는 밤마다
番 題를밧구는 새로운
긴 쑴의 필림을 씨고
사람사람들의눈의王城가운데 들어가
그눈가(瞼)의三日月形의鐵扉를 굿게닷고
그문지개틈을 느른된납물(鉛液)로써 封해버리고
그문지개어구에 검은武裝의
억센 눈썹의 把守兵을 조차세우고
交通禁止! 一切 다른팬의立場을許諾지안코
그놉흔瞳子의쏙닥이에 적은幕을치고
하루날일에疲困하야 싸움마친 兵士와가티
돌바닥에 쓸어저누은괴로운 魂을慰勞하는
　가지가지의 滋味로운祕密한걸음을동틀쌔 까지비치
어준다

薔薇村의 第一日의 黎明

아々나는스사로그村의王이되려한다,

黎明의

苔香을먹음(含)은

神祕的의

强한 音響은

天地創造뒤의

바다의타(彈)는

그윽한

첫潮音갓치

물속의잠긴

묵업개괴롭(重苦)은鍾소래갓치

또젊은宇宙의

가늘게, 屈曲된, 쌀건

軟한힘줄(筋々)속으로

脈搏처나오며, 여울저나(過出)와
眞, 善, 美의
全的生活의먼祭壇에向(參詣)하는
人間性의짜낸(織立)
내靈의새롭은心臟에피가되여써러저들며,
부어든(注入)다.

薔薇村의 饗宴

序曲

孤獨은내靈의月世界,

나는그우의沙漠에깃드려잇다,

孤獨은나의情熱의佛上,

나는그우에한적은薔薇村을세우려한다,

그리하여나는스사로그村의王이되려한다

아々나는孤獨에도라왓슬째, 비로서

나의愚智가눈쓸을알(認識)엇다,

孤獨은苦痛이아니고, 나의叡智에의

즐겁은黎明일다,

실노孤獨은神과人과의愛의境界,

이곳에드러와야,

神의감춘손(祕手)을쥠을엇는다,

안일다, 孤獨그自身이愛일다,

神과人과愛, 神人同體의

가쟝合理的의强하고, 淨한愛일다,

아々孤獨은愛의絶頂일다

이우를넘어서는愛가업다,

아々나는이우에한적은薔薇村을세우려한다.

저 달을 물들여 놋코 십다

한울우의
病든색씨의蒼白한얼골빗갓흔
저달을물들여놋코십다
쌜갓게나
아주쌈엇케나

저 處女의 가슴 속

숯핀

잔듸밧가튼

저處女의

가슴속엔누가

사랑의山도야지색기를몰아느엇드랫소?

아아그짓밟힌가슴속이몹시도慘酷하구료

저믄 山길의 숏

나그네불너드리려는

山주막의

색시와갓치

곱게丹粧한

桔梗숏은

골작이와

山기슬의

곳々에서

바람을붓잡고허리굽혀

점은길가는

사람들의게

은근히눈짓한다

적은 숏들의 아ㅅ츰人事

족으만오랭캐숏과

그보다더작은숏들은

아ㅅ츰의들에서자는

내색기安좀알너오는듯한

微風의얼골을처다보면

마루밋헤서잠쌔여

내主人내다보고두다리모으고

기지게펴며선합품짓는

강아지가앙알거리며쏭지흔들듯

풀가지밋과

나무밋그늘에서

잠서린얼골노

머리달네々々흔들며

귀엽게허리재여人事함니다

제비여

　제비여!　네나라는어듸메냐?

　제비　'太陽의겻갓가운봄의한울'

　제비여!　쏘너희집은어듸멘고?

　제비　'우리들에게는一定한집이업다　우리는　世界를宇宙

　　를집으로하는새!　우리는곳世界의새,　宇宙의새!'

　제비여!　그럴진댄人間들의집추녀밋에맨드는족으만
진흙보금자리는무엇인가?

　제비　'그는우리들의한쌔의BED를놋는場所'

　제비여!　그대의아버지와어머니는누구인가?

　제비　'우리들의아버지는大地球의아버지인太陽

　　그리고우리들의어머니는봄의魂인暖風 – 微風'

제의 魂만은 그이를 차저가게 합니다

제의몸은비록그이와 山넘어물멀리갈니워잇스나

제魂만은날마다멋번식

그이를차저가게합니다

그이의압퍼하는

마음의傷處껏흘차저가게합니다

그이의누어알는

쓰라린마음을暫時라도看護해드리기爲하야

조선의 魂 조선 사람의 마음

조선의魂은

조선사람의마음은어대서캐여왔슴닛가

그씨는北方에도妙香山의

박달나무쑤리밋해서캐여왔담니다

죽엄 배인 어머니!

사람의 生命은
죽엄의애를배인어머니!
그는날새죽엄의遺腹子를배여가지고
世上에와서모든입덧침의苦痛에들복기다가
滿朔되여그죽엄의遺腹子의
獨子를낫코는그애의얼골도못보고
恨깁게어둠가운데로永眠해버림니다

重大한 괴싹

괴싹을가저갓도다, 큰일, 큰일,

重大한괴싹을가저갓도다, 큰일, 큰일,

늙은銀杏나무밋헤

千歲나 萬歲나瞑坐하여잇든

聖者의속깁흔沈默안으로

누런緋緞솜에쌘

梧桐의繡논둥근灰色괴싹을가저갓도다, 큰일, 큰일,

저녁노을(霞)씬

世紀의境界되는

긴築垌을싸저

狂人갓흔쌀거버슨중(僧)의運夫가

괴싹을가저갓도다, 큰일, 큰일

地球의 닷

地球는배(舟)인가
달은
地球가
한울가운데던저논닷(錨)뎅이람니다

地球의 바람 稱讚

바람, 바람, 너는

地球의勇士임이여!

한울이우리地球의물을盜賊해먹어올녀간다면

너는언제던지

반듯히 어느곳으론지낫하내나와

한울노쒸여올너가

한울의쌤을치고 것어차며散々히辱보힌뒤에

한울에게그물을모조리기어내게하여

다시그물을地球의우로돌녀보내준다

아々 너는우리地球의물직혀주는큰勇士임이여!

地球, 生物

地球는
太陽이꺼는乳母車
生物들은
그우에태인太陽의애기들!

地球 우의 植物, 人間들

地球우의
植物들은
太陽이
'코스모존'(宇宙生物)의種子를골나모혀
地球라는溫室가운데붓돗아논것이람니다
人間의무리는그溫室의植物을갓구는園丁!

慘酷한 얼골이여!

동틀머리, 언제던지아모도업는들벌판에서

벌내한마리도눈뜨기前,

왼갓生物의더럽은눈빛(眼光)에

네얼골이슷치기前, 傷하기前,

沙漠의단한개의盤松갓흔내가

내全身의熱을갓득담은

淨한接吻을준네의두쌤을엇지하엿느냐

아々네의葡萄酒에챈저녁薔薇와갓흔두쌤을엇지하엿
느냐

엇제, 너는그런慘酷한쏠(姿)을하여잇느냐.

긴동안의黃昏, 어느사람하나배행으로나와주지안는
들판에셔

네의얼골이 菫花의닙갓흔적은햇발의그늘에뭇처잠
길때까지

나의눈이뒤를닐만큼,　바라보내던
너그곱은뒤모습을엇지하엿느냐
　아々내의우에춤추는제비잔등이갓흔그뒤모습을엇지
하엿느냐,
　엇제너는그런慘酷한쏠을하엿잇느냐,
　아々너는엇제이런人迹끈어진무섭운밤속을
빨간몸으로悄々히오느냐,
　아々너는그骸骨쑌의破船갓흔몸을
어대로운전하여가는것이냐.

招待狀

꽃동산에 珊瑚卓을 놓고
어머님께 賞狀을 드리렵니다.
어머님께 勳章을 드리렵니다.
두고리 붙은 금가락지를 드리렵니다.
      한고리는 아버지 받들고
      한고리는 아들딸, 사랑의 고리
어머님이 우리를 낳은 공로勳章을 드리렵니다
나라의 다음가는 家庭賞, 家庭勳章을 드리렵니다
시일은 '어머니의 날'로 정할
새 세기의 봄의 꽃.
그날, 그시에는 어머님의 머리위에
찬란한 사랑의 화환을 씌워주세요.
어머님의 사랑의 功德을 감사하는 표창식은
하늘에서 비가 오고 개임을 가리지 않음이라

세상의 아버지들, 어린이들,
꼭, 꼭, 꼭 와 주세요.
사랑의 용사,
어머님 表勳式에 꼭 와 주세요.

太陽

太陽은앗츰마다와서

넓은光線의부채(扇)로써

萬象의눈우로붓허잠을날려쏫슴니다

穀食풀폭이에안즌참새쎄들을휙몰아쏫듯이

太陽系

太陽系는

華麗한星雲의殿閣의험으러진廢墟!

八惑星과

달과

太陽은

그廢墟우에남겨진기둥, 석가래, 주초ㅅ돌들의殘影!

太陽系, 地球

宇宙의
太陽系는

별의(世界의)金剛山
太陽系의
地球는 꽃滿發한
宇宙의小樂園, 小理想鄉

太陽系의 故鄕

太陽은

여닭惑星의아들과

열일곱衛星의孫子와

그모든小衛星의

會孫高孫들의

一家를다리고

저머-ㄹ 니로

저머-ㄹ 니로

五萬분以上의

兄님과동생이계신그립운故鄕

헤-ㄹ크레스星雲으로向해가신담니다

地球우의生物들은太陽이내故鄕다리고가는

그자랑거리의食口들이람니다

太陽과 달

太陽은 한울의싀ㅅ썰건염통(心臟)뎅이

달은어느족으만天體의病든허ㅅ파뎅이!

太陽아

언제던지새벽문을벅차열고무엇을 쏫는듯히벌거벗고
번개갓치쒸여나오는氣運찬太陽아

아々暗黑을一擧에처부시려는巨彈갓치닷는壯漢太陽아

인사하자그리고네손내밀어라握手하고

맛달녀들어쌤대고입맛추고껴안고

宇宙가흔들녀쪽애지드록太陽萬歲, 人間萬歲,

太陽人間一身一心同化萬歲를놉히 ~ 불으자

사람은쏙네힘에네精神, 네찬란한魂을가져야하겟다

太陽아 내동모太陽아 네손을쥔채, 네입술을문채네
가슴을안은채

너와함쇠空中을다ㅅ고

달녀 내生命을너와갓치빗내여보자

내生命이너와갓치빗날수잇다면네싀쌜건불가운데타
서라도버리겟다

太陽은 運轉手님

太陽은運轉手님

太陽은地球의自働車우에

十六億의아들쌀을태우고

空中에배걸고업대여

地球의긴핸돌을잡고싀쌀건쌈흘니며

앗츰에는朝鮮으로달녀오고

저녁에는 아메리카로달녀감니다

太陽의 괴로운 싸홈

萬象의아바지太陽은

한째도便安히눈붓쳐보지못하고

空中에서어느무섭운敵과

괴로히괴로히괴로히괴로히싸우신담니다

空中에는攝氏零下二百七十餘度의

宇宙零의絶對寒冷이

太陽의生命인光熱을쌧으랴고

사나운수리개(猛鷲)와갓치太陽에게대달녀듬니다

太陽은이무섭운敵과싸우시기에그몸이날노엽이여그니마우에검은주

름살(黑點)이잡히여가심니다

저五十萬哩以上을濛濛히쌧처올너가는푸로미넨스

(紅焰)는太陽의그애태우는괴로운숨결이시람니다

太陽의 分家

地球는
太陽이
生物들에게세간내준
족으만分家

그럼으로太陽은
할우도闕치안코아ㅅ츰마다쌈흘니며허위허위와서
生物이가저야살熱과光明과
맑은空氣等의糧食을구미구미듸밀어줍니다

太陽의 壽命

地球를써나기九千三百萬哩의

놉흔머ㅡㄴ곳에계시옵신

太陽의몸붑피는

地球의百三十萬倍

太陽의몸무개는

地球의三十三萬倍

太陽의키는八十六萬哩의기리

그몸의피(血)는

四十가지에갓가운色彩燦爛한

金屬元素가석겨서되고

그힘은그살의引力만으로도

달과地球를번개갓치잡어휘들느는

空中의巨人이시오나

그도설게돌아가(逝)실날이머ㅡㄹ지안엇담니다

달뎅이는임의小太陽이돌아간그木乃伊!

그는곳巨人太陽이돌아가신뒤에

그무덤압헤싹거세울碑石으로서準備된者람니다

太陽의 義딸

傳燈은
싸우에서太陽의밤事務를代理해보는
太陽의족으만義ㅅ딸이람니다

太陽의의 沈沒

太陽은잠기다, 저녁구름(夕雲)의癲狂者의기개품갓
치,어름비(氷雨)갓치, 여울(渦)지고, 보라빗으로여울지
는씃업는岩窟에太陽은잠겨써러지다,

太陽은잠기다, 넓은들에길일흔

少女의애嘆스러운가슴안갓흔

黃昏의안을숨(潛)여 太陽은잠기다,

太陽은잠기다, 아ゝ죽는者의움푹한눈갓치

異國의祭壇의압헤, 太陽은휘도라잠(翔沈)기다.

(이 全篇의 詩안에 特히 '저녁'이란 말이 만히 씨혀
잇스나 이는 한 世紀末的 氣分에 붓잡힌 나의 最近의
思想의 傾向을 가쟝 率直히 낫하낸 者일다, 讀者여
諒之하라)

315

太陽이 가지고 잇는 工場

地球는生物쑌을使用하는한工場!

그一切作業의指揮者는太陽

地球는곳太陽이세운그最大의企業場!

그製品은"幸福"!

太陽이말하기를苦痛은太陽의意思에叛하는

人間의납븐"誤製品"이라고

太陽이 돌아가시옵거든

太陽이돌아가시옵거든

그몸을곱게彫刻하여

黃金佛寶石佛맨들어

한울우에永遠히々々々모셔둡시다!

태양이 써올으면

太陽이써올으면
生物들은그눈써ㅂ풀을
안개에싸힌農村의싸리문지게갓치고요히열어젓드리며
눈瞳子는그속으로붓허둥근달갓치낫하내나와
두팔치ㅅ켜벌이고歡呼하며太陽을반긴다

土의 饗筵

우리는싀쁠건흙에도라왓다,

우리는하늘을우르러

强한繁盛力을가지고

巍々히벗처올너가는젊은느름나무같이

우리의生命을

흙의피의鼓躍하는心臟속에심어박을때, 비롯오

우리의靈의伸張하는安定을얻는다

．．．．．．．．．．．．．．．．．．．．．．．

．．．．．．．．．．．．．．．．．．．．．．．

우리는싀쁠건흙에도라왓다,

우리는임의人間의피를빠는屍蚊이안일다,

우리는大地의마르지안는자白葡萄빗의피와

우리들의땀의뿌란데를

우리들의靈의날々의飮料로하여잇다.

葡萄빗의 젓

잠은젓!
그는밤의살찐젓쏙지에서흘너나오는
葡萄빗의젓!
生物들은타임의쌔ㅅ도우에누어
밤의그잠의젓을쌀어
새는날에勞動할새로운生命의힘을배불님니다

풀과 나무와 山들의 洗手

오늘은한울이비를내려오랫동안먼지에쓰럿든

풀과나무와山들의짜-칠한

얼골을곱게씨서줍니다

우지안는순한 - 한애기가튼

그들의얼골을곱게씨서줍니다

풀의 잠자는 것

풀도밤이되면잠잡니다
쓸안의含羞草는 언제든지밤이되면
그가닭진입파리를 處女의종아리가티곱게움으리고
기ㅡㄴ가지의팔목우에 안키니여고요히고요히잠잠다

한울 가운데의 말

地球는空中을달녀도는한큰말(馬)

사람은그등우에타고안젓다 누엇다 썩구르섯다

할우에한번式宇宙의莊嚴한넓은公園을求景한다

한울 가운데의 무섭운 벙어리

地球는말못하는벙어리!

그배속에는멧 千度以上의싀쌔ㄹ건 "火"가쓸어돌아
단닌다

地球는그"火"를참지못하여밋친큰獅子와갓치

족음도쉬지안코 空中을가로쇠로씽쌩 쒸여돌아단닌다

地球의그"火"가爆發될째는무섭운地震이되고한울을
쏠는噴火가된다

한울 가운데의 섬

깁히도헤아릴수업는무싀ㅅㅅ한싀ㅅ퍼런한울가운데 地球라는한섬 ─ 써잇는족으로만絶島가잇다

그섬가운데는怪常한形體의사람의무리들이깃드려잇다

그러나사람의무리는언제어느곳으로붓허그섬가운데 漂流해온지를아지못한다

사람들은全혀이地球의우에온그因緣도, 그理由도, 쏘 그歷史의始初도 故鄕도 그祖先도分明히아지못한다

그럴쑨外라사람들은그地球의運命의압길도아지못한 다─

사람은다못流配온罪人과갓치날논煩悶에싸혀鬱々히 失症나개허덕々々그좁은地球의우를徘徊하여잇슬쑨 이다

한울의 食傷

한울은무엇에食傷이되면
것잡을새업시'비'를 좔, 々, 々,
그리고그배는요란하게도 딸, 々, 々, 콰당탕
사람들은한울의이배쏠는소리를우뢰라하더이다

한울의 혀(舌)

한울에도혜(舌)가잇다

한울의혜는길다

한울의혜의形體는사람의눈에보이지안는다

한울의혜는빗밧게안이보힌다 그것은곳光線이라는것

한울은이光線의혜를길게 쌜것케느럿드려서無禮하

게도地球우의물을널늠々々할터올녀간다

구름은한울의입작난하는그물겁품뎅이!

虛空을 메스구는 計劃

大地가쉰힘업시
生物을낫는것은
한울과
짜사희의큰虛空을멧구려는長遠한計劃이람니다

虛無人의 生物觀, 地球觀

地球우에다시全地球的의氷河가犯해오거나

地球우의空氣가다른天體로날너훗허저가거나

쏘는어느天體와의故障에依하여空氣層이稀薄해지거
나太陽으로붓허의送熱이減殺되거나

或은太陽의죽엄에依하여그送熱이全혀슷처지거나

死火山의復活等全地球的의地震이일어나거나

地球의靑瓦斯性의'內火'가全地球的大規模的으로爆
發되거나

쏘는殞石의巨彈의砲擊, 彗星, 星雲其他天體와의衝
突을밧거나

그럿치안으면最後로地球組織의原子彈이爆發되거나

쏘는地球가太陽의무섭운火焰가운데沒入되는째에는

地球우에깃드려잇는生物과地球는엇지될것임니가

天文學者들은地球의最後의運命을原子彈爆發이라고

함니다

　이럿케될새는全地球는宇宙的微粒分子 – 宇宙塵의
가루가되고말것임니다

　그럼으로天文學者들은地球의우에

　'死國行'이라는쇠리票를붓처노왓음니다

　곳生物들은이죽엄의길노向해가는족으만地球의짐싹
우에蜉蝣세와갓치달녀붓허있음니다

　天文學者들은이寒心한地球의짐싹을쏘다시飛極겁
품공(捄)이라고도불너잇음니다

血의 詩

―步星 君의 압헤 밧친다―

나는네의淨虛한御用의嘆美者가안일다,

나는네의들척직은한臙脂내나는接吻을엇으려고허둥

거려쏘대는性慾의乞人도안일다,

나는큰眞理의網에부닷처넘어질때,

내몸이선지피투성이가될때,

나는 그피를저속샤砲의彈丸갓치

네니마에던저뿔릴때, 한殘忍性의쓴깃분을늣길때

나는비로서우뢰소리보덤더큰咆哮로써

뛰고, 뛰여노래한다.

慧星

慧星은
宇宙主義의虛無的放浪者

慧星의그기-ㄴ 씅지는
宇宙流浪의외로움을노래하는笛ㅅ대람니다

慧星은'火'가나면 그기-ㄴ笛ㅅ대로
地球뎅이를쌔려부시겟담니다

太陽系에서는 慧星을보기만하면그를붓잡(捕拿)으려
한담니다
慧星은곳太陽系의內亂嫌疑의그가장큰要視察이람니다

흐린 날의 구름 속에 드는 太陽

흐린날의낫(晝)에

구름속으로들어가는太陽은

두주먹勇敢히쥐고單騎로

千兵, 萬馬의敵陣을처들어가는것갓고

또한그는거리에堵列해섯는

父老의兵士들에게次禮로거수를볏플고지내감갓기도

하다

Gondnawa 大陸!

곤드나와大陸은어느수리개가처갓나?

곤드나와大陸은누가비여갓소?

곤드나와大陸은二疊紀의永雪이먹고그대로싸러저바렷나

아々곤드나와大陸이어대로자최를감초인뒤엔

大西洋과印度洋은그눈에그넓은가슴우에

눈물푸르게깁게괴히고서로설게々々갈니워잇소

황석우

(黃錫禹, 1895~1960)

문학평론가. 시인. 서울 출생. 아호는 상아탑(象牙塔).

1895년 서울 출생

1919년 매일신보에 「시화(詩話)」(9월), 「조선시단의 발족점(發足點) 과 자유시(自由詩)」(11월) 등의 평론을 발표

1920년 『폐허』 창단동인으로 「석양은 꺼지다」, 「망모(亡母)의 영전 (靈前)에 받드는 시(詩)」, 「벽모(壁毛)의 묘(猫)」, 「태양의 침 몰」 등의 시 10편과 상징주의문학을 소개한 평론 「일본 시단 의 2대 경향」을 발표

1921년 『장미촌』의 창단동인

1928년 『조선시단』을 주재, 발행

1929년 시집 『자연송』과 무명의 여러 문학청년들의 작품을 모은 『청 년시인백인집』을 냄

1945년 광복 후 국민대학 교수

황석우의 시작활동은 대략 다음과 같이 나눌 수 있다.

제1기는 『태서문예신보』에 「은자의 가」, 「어린 제매에게」 등 감각적 성향의 시를 발표하던 시기이다. 스스로 한국근대시단의 기수로 자처하였으나, 우리말 사용 및 시어선택은 매우 서툴렀던 것 같다.

제2기는 3·1운동 이후 『폐허』, 『장미촌』 등을 통해 시 「망모의 영전에 받드는 시」, 「태야의 침몰」 등 상징주의의 영향을 받은 퇴폐적 경향의 작품을 발표했던 시기이다. 그의 작품에 퇴폐적인 어휘가 많이 쓰인 것으로 인하여, 그를 세기말적 분위기에 싸인 『폐허』 동인의 대표격으로 평가된다. 「태양의 침몰」은 그의 초기 대표작으로 일컬어지는 시임에도 불구하고, 이와 같은 시어의 조야성(粗野性)을 여실히 드러내고 있다. 또한 「벽모의 묘」는 상징파 시의 영향을 받은 것으로 평가받고 있다.

제3기는 유일한 시집 『자연송』의 발간을 전후하여 해, 달, 우주 등 천체나, 봄·꽃·이슬과 같은 자연의 대상을 의인화하여 상징적 풍모를 드러낸 시기이다. 이후 「부평초」(1932), 「일몰과 월출」(1933), 「우주의 혈맥」(1959), 「눈동자 뒤의 전망」(1959) 등의 시를 발표하였으나 초기의 시적 경향에서 크게 벗어나지 못했다.

한편 평론 「조선시단의 발족점과 자유시」(1919), 「일본 시단의 이대 경향」(1920), 「최근의 시단」(1920), 「현 문단의 해부」(1921), 「현 일본 사상계의 특질과 그 주소」(1923) 등을 발표하였다. 특히 「일본 시단의 이대 경향」에서는 일본의 상징주의 시를 소개하고 작품을 번역함으로써 상징주의운동의 기수로 주목받았다.

큰글한국문학선집: 황석우 시선집

자연송

© 글로벌콘텐츠, 2015

1판 1쇄 인쇄_2015년 11월 15일
1판 1쇄 발행_2015년 11월 25일

지은이_황석우
엮은이_글로벌콘텐츠 편집부
펴낸이_홍정표

펴낸곳_글로벌콘텐츠
    등   록_제25100-2008-24호

공급처_(주)글로벌콘텐츠출판그룹
    기획·마케팅_노경민   **편집**_김현열 송은주   **디자인**_김미미   **경영지원**_안선영
    주소_서울특별시 강동구 천중로 196 정일빌딩 401호
    전화_02-488-3280   **팩스**_02-488-3281
    홈페이지_www.gcbook.co.kr

값 27,000원
ISBN 979-11-5852-071-7 03810